AF452366

INVENTAIRE
Ye 16,177

SÉBASTOPOL

OU LES

CAMPS DES ALLIÉS EN CRIMÉE

POÈME

CONTENANT

Les combats et batailles de Silistrie, de l'Alma, de Balaclava, d'Inkermann, de Kertch,
de Kamiesch, du mamelon Vert, de la Tchernaïa, de Traktir; les assauts et la
prise de Malakoff, du Bastion central, de la Courtine et du petit Redan
par l'armée française; les assauts et la prise du grand Redan
par l'armée anglaise, et le bombardement
et la prise de Kiburn,

PAR

ALEXANDRE BOUVET,

Auteur de l'*Iliade française* ou la Vie militaire de l'Empereur Napoléon Iᵉʳ
et de la Grande Armée,

HONORÉE PAR LES SOUSCRIPTIONS DES PREMIÈRES ILLUSTRATIONS SOCIALES.

PARIS

CHEZ LEDOYEN, LIBRAIRE,

31, Galerie d'Orléans, Palais-Royal,

ET CHEZ L'AUTEUR, RUE MAZARINE, 40.

1856

SÉBASTOPOL

OU

LES CAMPS DES ALLIÉS EN CRIMÉE

POÈME

PAR

ALEXANDRE BOUVET,

Auteur de l'*Iliade française* ou la Vie militaire de l'Empereur NAPOLÉON Ier et de la Grande Armée,

HONORÉE PAR LES SOUSCRIPTIONS DES PREMIÈRES ILLUSTRATIONS SOCIALES.

L'auteur a retracé avec exactitude dans cet ouvrage tous les combats et batailles livrés par les ordres de Sa Majesté l'Empereur NAPOLÉON III, par la nouvelle armée française, aux armées russes, et comme c'est en vers que les actions héroïques doivent être célébrées, il s'est servi de la poésie pour reproduire les hauts et glorieux faits d'armes qui ont replacé la France au premier rang des puissances militaires de l'Europe.

Ce poème rend une éclatante justice à l'héroïque coopération de la brave armée anglaise, à ses solennels combats et batailles, ainsi qu'à l'énergique concours des camps ottoman et sarde.

L'auteur a cru devoir également rendre justice au mérite et aux vertus militaires des armées de l'empereur de Russie ; car si l'attaque de ces armées par les alliés a été pleine d'intrépidité et d'héroïsme, de même leur défense a été remplie de stoïcisme et de bravoure.

NOMS

DES PRINCES, GÉNÉRAUX, AMIRAUX, OFFICIERS ET SOLDATS

CITÉS DANS CE POÈME.

FRANÇAIS.

S. A. I. le Prince Napoléon.
Saint-Arnaud.
Canrobert.
Pélissier.
Niel.
De Lourmel.
Thomas.
Bruat.
De Genouilly.
Bosquet.
Mac-Mahon.
De Monet.
De Bouteville.
De Montaudon.
De Pondevès.
De Saint-Pol.
De Préval.
De Liniers.
De Salles.
De Lavaruandes.
De Camas.
De Menou.
De Puy-Ségur.
De Lostanges.
De Vassart.
De Brancion.
De Labourdonnais.
De la Motte-Rouge.
D'Autemarre.
De Latour-Dupin.
Abel Saint-Mars.
Perceval-Deschênes.
Desparbières.
D'Aurelle-de-Saladine.
Regnault - de - Saint - Jean-
   d'Angély.

De Fézensac.
Rouyer de Saint-Victor.
Saint-Cyr Mathis.
Marc-Pozzo.
Bourbaki.
Dulac.
Forey.
Bizot.
Dubos.
Wimpfen.
Mellinet.
Vessier.
Couton.
Trochu.
Rivet.
Lebœuf.
Breton.
Zédé.
Liébaut.
D'Herbillon.
Faucheux.

ANGLAIS.

Le duc de Cambridge.
Raglan
Simpson.
Codrigton.
Dundas.
Lyons.
Cathcart.
De Brow.
Bertinck.
Richard.
Cornus.
Strangweys.
Goldie.
Buller.

Adam.
Egerton.
Torrens.

OTTOMANS.

Omer-Pacha.
Riffat-Pacha.
Kourchid.

SARDES.

De la Marmora.
Montévecchio.

RUSSES.

Les grands ducs Michel.
    —   Nicolas.
Les princes Paskewicz.
    —   Menschikoff.
    —   Gortschakoff.
Les généraux Luders.
    —   Saken.
    —   Dannenbert.
    —   Liprandi.
    —   Stankowicz.
    —   Totleben.
    —   Read.
    —   Kokanowicz.
Les amiraux Mettin.
    —   Nakimoff.
    —   Korniloff.
    —   Istomine.
    —   Panfilow.
    —   Novoselski.
    —   Kourkoffki.
    —   Batzinski.
    —   Boudischicheff
    —   Korobagaloff.

CHANT PREMIER.

Sommaire. — Envahissement des États du sultan Mahmout II par l'armée du czar Nicolas ; action d'éclat d'Omer-Pacha. — Brûlants combats de Riffat-Pacha et de ses guerriers contre les Russes· — Dix assauts successifs contre Silistrie sont repoussés, et les généraux Paskewicz et Luders, blessés, sont contraints de reculer sous les ardents feux des canons des vaillants assiégés. — Deux cent mille guerriers russes marchent au secours des assiégeants. — Mahmout implore les secours des armées française et anglaise. — Sur les ordres de Napoléon III et de la reine Victoria, cent vingt mille guerriers volent vers la colossale lutte pour soutenir l'opprimé contre l'oppresseur. — Les Français et les Anglais s'arrêtent au plateau de l'Alma pour livrer une première bataille.

D'où vient donc ce grand bruit et de chevaux et d'armes,
Qui de tous les côtés vient semer des alarmes ?
Le czar a violé de Mahmout les États,
Aux guerriers ottomans il livre des combats.
Déjà, des Turcs, Omar, le généralissime,
Poussé par sa valeur dans un élan sublime ,
De ce puissant monarque a dompté les guerriers ;
Sous son glaive les Turcs ont cueilli des lauriers :
Auprès d'Oltenitza, dans des luttes terribles,
Bravant des combattants les fureurs indicibles,
Les feux de ses canons, volant de tous côtés,
Brisèrent du fier czar les camps épouvantés.
Bientôt à Silistrie on contraint les cohortes
Du redoutable czar à s'éloigner des portes.
Le grand Riffat-Pacha fait tomber les drapeaux
Des Russes, par son fer plongés dans les tombeaux.
Les Turcs, électrisés par ce chef énergique,
Repoussent dix assauts en la lutte héroïque.

Les damas ottomans font un carnage affreux
Au sein de bataillons altiers et valeureux.
Les compagnons d'Omar, au beau temps de leur gloire,
Jamais ne surent mieux obtenir la victoire,
Et Mahomet lui-même, au sein de ses combats,
N'illustra point son fer par de plus grands éclats.
Tout chancelle et faiblit sous la valeur suprême
Des guerriers de Riffat, dans cette lutte extrême ;
Luders, par ses hauts faits justement renommé,
Dans l'art des grands combats depuis longtemps formé,
Au fort de l'action, frappé par la mitraille,
Roule couvert de sang sur le champ de bataille ;
Paskewicz, qui du czar, par ses traits grands et beaux,
Fit dans cent mortels chocs triompher ses drapeaux,
Dont l'étincelant fer bravait partout l'orage,
Et semait en tous lieux la terreur, le carnage,
Cet immortel héros, du czar le favori,
Par le peuple admiré, par ses soldats chéri,
Frappé par un boulet, en ce choc dramatique,
Voit, à la fin, sombrer sa valeur héroïque.
Cent chefs moins renommés, mais non moins valeureux,
Tombent aussi, des Turcs sous les terribles feux.
Leurs altiers bataillons, au milieu des alarmes,
Ployent de tous côtés, de Riffat sous les armes,
Et par ses mortels coups, saisis, épouvantés,
S'éloignent du combat à pas précipités,
Laissant les guerriers turcs, en ces luttes cruelles,
Longuement moissonner des palmes immortelles.
L'altier czar Nicolas est un grand empereur,
Il est bon, généreux, il possède un grand cœur ;
D'un souverain vaincu, tombé dans la détresse,
La couronne, on l'a vu, remettre avec noblesse.
Mais, malheureusement, sa grande ambition
Fait toujours, à son fer, grandir sa nation,

Son bras fort et puissant a brisé la Pologne ;
Là, ses guerriers ont fait une rude besogne :
Les braves Polonais, dans cinq chocs émouvants,
Les ont fait reculer, tout meurtris et sanglants ;
Mais les gardes du czar, accourus en grand nombre,
Ont su rendre pour lui la bataille moins sombre.
Les héros polonais, dans de nouveaux combats,
Dans la sanglante arène ont reçu le trépas.
Par le nombre accablés, plus que par la vaillance,
Ils sont morts, illustrant leur mâle résistance
Dans les terribles chocs où leurs fers valeureux
Ont noblement bravé leurs destins orageux,
Laissant aux écrivains qui retracent l'histoire
Les héroïques faits qui signalent leur gloire.
Comme des moucherons qui volent dans les airs,
Les phalanges du czar parcourent l'univers.
Sur le lieu du combat se reformant sans cesse,
Elles domptent toujours le fer qui les oppresse.
La bravoure des chefs, des soldats la valeur,
Succombent à la fin, toujours au champ d'honneur.
Les soldats turcs, leurs chefs, si fermes, si stoïques,
Doivent donc succomber dans leurs chocs héroïques.
Les cent mille Ottomans, ces guerriers valeureux,
Sans doute fléchiront des Russes sous les feux,
Leurs resplendissants traits, leur valeur flamboyante
Ne pourront pas dompter la lutte foudroyante.
Ces superbes guerriers, ces éclatants héros
Périront bravement sous leurs nobles drapeaux.
Et, comme la Pologne, on verra la Turquie
Alors tomber, du czar pour contenter l'envie,
Et l'altier potentat, à l'aide du canon,
Parera sa couronne encore d'un fleuron.
L'intelligent Mahmout voit le péril extrême
Que va bientôt courir son brillant diadème.

Trois cent mille soldats, pleins d'intrépidité,
Vont venir supprimer sa vaste autorité.
Mille bouches à feu, par leur mâle puissance,
De ses vaillants soldats vont briser la vaillance.
Jamais, seuls, en ces chocs, les glaives ottomans
Parviendront à dompter ces sombres ouragans.
Mahmout, de son empire aux chefs recommandables
Exposant franchement ses craintes formidables,
 « Dit qu'il faut demander à de grands potentats,
 » Pour défendre, avec lui, son trône et ses États,
 » Deux cent mille guerriers du plus brillant courage,
 » Capables de dompter le grandiose orage,
 » Aux plus mortels combats depuis longtemps formés
 » Dans les camps, par leurs traits justement renommés,
 » Par leur noble valeur connue de tout le monde,
 » Et sachant triompher et sur terre et sur l'onde.
 » Soixante régiments composés de Français,
 » Cinquante bataillons de combattants anglais,
 » Les cohortes du czar, par leur valeur brillante,
 » Dompteraient aisément la bravoure éclatante.
 » De leurs braves guerriers les efforts combinés
 » Seraient par des succès en tous lieux couronnés.
 » Oui, Napoléon III, la reine d'Angleterre,
 » Pourraient vaincre le czar, et sur mer et sur terre.
 » Joints à nos légions, leurs immortels soldats
 » Semeraient dans son camp la terreur, le trépas. »
Le judicieux avis du Sultan magnanime
Pouvant alors sauver ses sujets de l'abîme,
Les membres du conseil, à l'unanimité,
Déclarent qu'il doit être à l'instant accepté.
Au désir du Sultan, et si noble et si sage,
Quel sublime tableau ! quelle admirable image !
On voit de Fontenoy, comme de Waterloo,
Les fils des grands guerriers, de l'airain à l'écho,

Côte à côte, accourir dans la sanglante arène.
Afin de dominer la dramatique scène.
Ces fougueux combattants, par un suprême effort,
Vont arracher le faible aux étreintes du fort.
Leurs glaives, dont le monde admire la vaillance,
Font dans tous les cœurs turcs revivre l'espérance
De voir un jour sauver, par leurs faits belliqueux,
Et leur noble pays et son chef glorieux.
Naguère ces guerriers, ennemis implacables,
Luttaient avec ardeur dans des chocs effroyables.
Leurs armes répandaient, par leurs exploits sanglants,
Tour à tour la stupeur et la mort dans leurs camps.
Par d'héroïques traits, les palmes de la gloire
Ils voulaient s'arracher en gagnant la victoire.
Oui, ces fiers champions, faisant brandir leurs fers,
Sans cesse se battaient, dans les champs, sur les mers,
Cherchant toujours, au sein de luttes grandioses,
A bonifier pour eux l'état actuel des choses.
Et vainqueurs ou vaincus, ces célèbres rivaux
S'arrachaient le triomphe ou marchaient aux tombeaux.
Aujourd'hui ces héros, les voilà frères d'armes;
Ils vont plonger du czar le cœur dans les alarmes.
Pour une bonne cause ils volent aux combats.
Oui, pour un noble but, ils bravent le trépas;
Ils veulent du fier czar, qui frappe la Turquie,
Par leurs fers limiter la puissance infinie;
Ils veulent soutenir, par leur haute valeur,
Un monarque opprimé contre son oppresseur,
Maintenir, protéger un noble diadème.
Dans une lutte ardente, énergique et suprême,
Ils veulent triompher des bataillons vaillants
Qui menacent les rois de leurs envahissements.
Saint-Arnaud, renommé par ses traits héroïques;
Raglan, l'honneur, l'espoir des îles britanniques,

Vont les guider ensemble , au sein d'éclatants feux ,
A travers les périls et les chocs orageux,
Au mépris de leurs jours , dans des crises cruelles ,
On les verra cueillir des palmes immortelles.
L'état-major français fourmille de guerriers
Dont les fers sont ornés d'étincelants lauriers.
Dans les camps ennemis la valeur de leurs armes
A répandu cent fois les plus vives alarmes.
Mélinet , Bachelu , Canrobert , Mac-Mahon ,
Bosquet , De Pondevès , Pélissier et Conton ,
Tous ces nobles guerriers, connus de la victoire,
Se montrent enflammés par l'amour de la gloire.
Dans ce groupe de chefs si remplis de valeur
On voit Napoléon, ce prince plein d'ardeur,
Animé du désir, dans des luttes brûlantes,
De combattre du czar les cohortes vaillantes.
Son glaive par ses traits il voudrait illustrer,
Pour pouvoir son grand nom par lui-même honorer.
L'état-major anglais, magnifique, admirable,
Est composé de chefs d'un courage indomptable.
De Brow, Torrins, Cathcart, Bertinck et Codrington
Sont des guerriers formés sous les feux du canon,
Dans les belliqueux chocs, intrépides, stoïques,
Qui cueillirent cent fois des palmes héroïques.
Au sein de tous ces chefs, dont les fers transcendants
Ont vaincu sous leurs coups les plus fiers combattants,
De Cambridge, ce duc intrépide, énergique,
Des valeureux combats ayant l'amour pour guide
Marche pour affronter des orages affreux,
Afin de soutenir son pays glorieux.
Ah! quelle magnifique et valeureuse armée
A pas précipités marche vers la Crimée!
Que de pompe et de gloire, et quel brillant éclat
Apparaît dans son sein en volant au combat!

Tous ces vaillants guerriers qui chérissent la gloire
Vont bientôt à leurs fers enchaîner la victoire.
Ils sauront du grand czar faire fléchir l'orgueil
En semant dans son camp la douleur et le deuil ;
Ils brûlent, on le voit, du désir de combattre,
Comptant de l'ennemi les phalanges abattre.
Des deux peuples, aussi, les superbes vaisseaux
On peut voir de la mer, s'élancer sur les eaux.
Tous les fiers combattants, avec ardeur, ensemble,
Côte à côte marchant où l'honneur les assemble,
En petit nombre seront dans leurs chocs belliqueux,
Pour cueillir noblement des lauriers glorieux.
Cent vingt mille guerriers d'une ardeur inouïe
Vont braver les efforts de l'altière Russie :
Trois cent mille soldats, douze mille canons,
Vont inonder de feux leurs braves bataillons ;
Placés par l'altier czar dans la lugubre arène,
L'image ils vont offrir de la plus sombre scène.
De ce grand potentat les soldats sont vaillants,
Ils braveront la mort dans cent combats sanglants ;
Des braves alliés les cohortes fougueuses
Auront à soutenir des luttes chaleureuses.
Patience... bientôt, les arrêts du destin
Diront si la victoire a marqué leur chemin...

FIN DU PREMIER CHANT.

CHANT DEUXIÈME.

BATAILLE DE L'ALMA.

Le fougueux Menschikoff, à l'âme ardente et forte,
Divise sur l'Alma sa nombreuse cohorte
En deux immenses camps, représentant deux fronts,
Qu'il croit mettre à l'abri des revers, des affronts;
Au sein des ardents feux d'une crise terrible,
Où son bras fera voir son courage indicible...
En face des Anglais, trente mille guerriers
Devront leur disputer d'étincelants lauriers.
Quarante régiments de soldats intrépides
Braveront des Français les élans rapides;
Composés de guerriers formés aux grands combats,
Ils sèmeront la mort dans leurs rangs, sous leurs pas.

Des Russes, en tous lieux, les forces formidables
Porteront, en leurs chocs, des coups épouvantables.
Pour le fier Menschikoff, leur courage brillant
Est d'un succès certain le gage étincelant,
Et sa position, de tout point escarpée,
Augmente son espoir en sa vaillante épée.
Cent quatre-vingts canons placés sur des hauteurs
Feront bientôt jaillir leurs boulets destructeurs
Sur les fiers alliés, tout remplis de vaillance,
Qui s'apprêtent du czar à braver la puissance.
A l'aile gauche, au centre, on voit les bataillons
De Saint-Arnaud, placés sous le feu des canons,
Demander hautement à livrer la bataille
Pour cueillir des lauriers en bravant la mitraille.
Le grand chef, de son camp, voit l'esprit belliqueux.
Il le lance aussitôt, au sein d'éclatants feux ;
Il commande à Bosquet, général intrépide,
De tourner sur-le-champ, par sa marche rapide,
L'aile gauche du camp des vaillants ennemis
Qui comptent triompher par leurs coups affermis.
A la voix de Bosquet, les belliqueux zouaves
Dans les mortels combats, et si fiers, et si braves,
S'élancent à travers les obus, les boulets,
Les balles, la mitraille, en bravant leurs effets.
Les blessés affaiblis font ensemble la chaîne
Afin de soutenir l'élan qui les entraîne
Vers les monts escarpés, en tournant les hauteurs,
Où les soldats du czar exhalent leurs fureurs.
Quel saisissant tableau ! quelle frappante image !
Les zouaves pourvus d'un si brillant courage,
Qui viennent de leur sang, leurs pas de signaler,
Sous les fers ennemis, sans s'en voir ébranler.
Parvenus aux hauteurs, par leurs fers inflexibles
Brisent les canonniers en des chocs terribles.

Rien ne peut résister à leur brûlant courroux ;
Les plus fermes soldats succombent sous leurs coups.
Le brave Saint-Arnaud, à l'aspect grandiose,
De l'héroïque choc où son regard se pose,
Dit : *Les zouaves font, en ces mortels combats,*
Voir que du monde ils sont les plus vaillants soldats !
Mais Menschikoff a vu la sanglante dispute
De ses fiers canonniers abattus dans la lutte.
Il veut jeter à bas, tout à coup, des hauteurs,
Dans de nouveaux conflits les zouaves vainqueurs
Il fait alors marcher des bataillons compactes,
De la guerre formés aux dramatiques actes,
Qui brisèrent cent fois, dans des combats fougueux,
D'héroïques guerriers et les fers et les feux.
Et la cruelle lutte aussitôt recommence.
Les zouaves, toujours fermes, pleins de vaillance,
Se mettent à la hauteur de ces combats nouveaux,
Luttent un contre six sous leurs nobles drapeaux.
Rien ne peut affaiblir leur éclatant courage ;
Ils résistent sans cesse au formidable orage.
Bosquet, ce noble chef, plein d'intrépidité,
S'élance à leur secours avec rapidité ;
Il compte dominer la vigoureuse crise
Où de ses fiers soldats le corps s'immortalise.
A la lutte il conduit ses canons foudroyants
A l'endroit où l'on voit leurs glaives flamboyants.
Les terrains escarpés, les collines fangeuses.
Ne sauraient arrêter ses luttes belliqueuses.
Mais tout à coup il voit des corps de tirailleurs
Cribler de fer, de plomb, ses braves artilleurs ;
Cachés dans des jardins, formant des embuscades,
Ils font de tous côtés partir leurs fusillades.
Bien de nobles Français en ces sombres chemins
Tombent avec honneur, victimes des destins.

Bosquet marche toujours, au péril de sa vie,
Vers le lieu qui va voir briller son énergie.
Saint-Arnaud, sur-le-champ, ordonne d'attaquer
Les tirailleurs venus aux jardins s'embusquer.
A sa voix, Canrobert et sa brave colonne,
A travers tous les fers et le bronze qui tonne,
Franchissant tour à tour des jardins tous les murs,
Portent aux tirailleurs des coups fermes et sûrs.
Canrobert, se tenant des soldats à la tête,
Affronte un sombre choc, une affreuse tempête.
Partout, à ses côtés, d'intrépides guerriers
Tombent couverts de sang sous des fers meurtriers.
Blessé deux fois, son sang jaillit en abondance,
Et ce grand chef combat sans cesse pour la France.
Du geste et de la voix engageant ses soldats
A lutter comme lui, des feux sous les éclats.
Les étendards français sur un champ de bataille
Ne furent jamais mieux tenus sous la mitraille.
Des vaisseaux parcourant le liquide élément,
On entend de l'airain le long bruissement,
Annonçant que la flotte, en ces crises affreuses,
Soutient de Canrobert les troupes belliqueuses.
Ce chef et ses soldats, tous pleins de fermeté,
Font enfin triompher leur intrépidité.
Des luttes corps à corps, et des efforts suprêmes
Amènent le succès en ces conflits extrêmes ;
Ils brisent sous leurs coups les artilleurs ardents
Qui voulaient dominer leurs glaives transcendants.
Alors l'ardent Bosquet, par sa marche rapide,
Parvient sur les hauteurs où sa valeur le guide.
Les zouaves il voit, au poste de l'honneur,
Conservant le terrain conquis par leur valeur,
Entourés de tout point, d'ennemis par les armes
Se défendant toujours sans craintes, sans alarmes,

Décidés à périr plutôt d'abandonner
Le beau succès qui vint leurs glaives couronner !
Du valeureux Bosquet la brave artillerie
Aux altiers ennemis vient arracher la vie,
Vomissant ses boulets à coups précipités,
Les Russes elle fauche, alors, de tous côtés.
Des bataillons entiers que Menschikoff amène,
Abîmés et défaits, succombent dans la plaine....
Les zouaves, enfin, en ces conflits cruels,
Restent au lieu conquis par leurs fers immortels.
Saint-Arnaud en voyant leur marche triomphale,
Ordonne sur-le-champ l'attaque générale.
Tous les braves guerriers, officiers et soldats,
Volent de toutes parts aussitôt aux combats.
Animés du désir, dans le brûlant orage,
De pouvoir signaler leur suprême courage.
D'Aurelle et ses soldats marchent droit aux hauteurs,
Pour dompter du fier czar les guerriers oppresseurs.
A travers des torrents de mortels projectiles,
Ils brisent sous leurs fers les phalanges hostiles
Qui barrent leur chemin, en affrontant leurs coups ;
Excités de leurs chefs par le bouillant courroux.
Mais des renforts nombreux recommencent la lutte,
Où toujours le succès ardemment se dispute.
Saint-Arnaud fait marcher Forez et ses guerriers
Pour soutenir d'Aurelle en ses chocs meurtriers.
Au plus fort du combat ils marchent à la hâte ;
Le désir du succès dans leurs regards éclate.
Bravant de Menschikoff l'ardent feu des canons,
Ils frappent hardiment ses plus fiers bataillons,
Et par leurs brillants traits, deux fois dans la détresse
Ils jettent son fier camp tout plein de hardiesse.
Mais, à la hâte encor, des renforts accourus
Soutiennent les guerriers repoussés et battus,

Qui, bientôt, reformant leurs carrés dans l'arène,
Reprennent leurs combats sous les feux dans la plaine.
Saint-Arnaud à Monet commande sur-le-champ,
Des Russes, de voler vers le belliqueux camp,
D'appuyer à la fois et Forez et d'Aurelle.
Au milieu du vif feu qui partout étincelle,
L'intrépide Monet et ses ardents soldats
Marchent, volent au sein du bruit et du fracas,
Et frappent tour à tour, dans la lutte brûlante,
Les chefs et les soldats d'une ardeur pétulante,
Qui viennent affronter sans crainte et sans peur
Les sinistres effets de leur haute valeur.
Mais des fiers ennemis la noble résistance
Fait des deux camps couler le sang en abondance.
Bien des guerriers français, en ce choc vigoureux,
Tombent, percés de coups, sous les fers et les feux.
Mais du brave Monet les vertus héroïques,
Et de ses soldats l'ardeur digne des temps antiques,
Triomphent des guerriers irrités, acharnés,
Qui leur portaient des coups vigoureux, effrénés.
Alors on voit venir des colonnes nouvelles
Qui viennent raviver ces luttes solennelles.
Monet, sans hésiter, vole au nouveau combat,
Où brille sa valeur, avec le même éclat,
De ses bouillants soldats se tenant à la tête,
Il brave de nouveau la sinistre tempête.
Sans cesse il sait lutter contre les combattants
Qui font pour triompher des efforts éclatants.
Saint-Arnaud fait agir sa brave artillerie
Afin d'aider Monet à dompter leur furie ;
Mais alors Menschikoff fait tonner ses canons,
Dont les feux de Monet frappent les bataillons,
Qui, sans en être émus, disputent la victoire
Par de sublimes traits qui les couvrent de gloire.

La noblesse française, au poste de l'honneur,
En ce mortel combat signale sa valeur...
Ses grandes actions, son ardent héroïsme
Font partout resplendir son pur patriotisme.
Des bataillons entiers sous ses fers abattus
Tombent, défaits, sanglants, abimés et vaincus.
De son sang elle scelle, en ce choc formidable,
Des deux camps, aux regards, sa valeur indomptable,
De Menou, Marc-Pozzo, de Fésensac, blessés,
Devant les ennemis restent toujours placés.
Desparbière, de même, et Parceval-Deschêne
Demeurent tous sanglants dans la lugubre arène.
D'autres nobles guerriers, encore sous les feux,
S'honorent par des traits marquants et glorieux ;
L'ardent de Puységur et Raoul de Lostanges,
De Vassart, de Monet, commandant leurs phalanges,
Font, par de grands exploits, par des traits de héros,
Au plateau de l'Alma triompher leurs drapeaux.
Mais toujours le combat, les renforts dans la crise
Reprenant, laissent voir la victoire indécise.
Napoléon, ce prince inspiré par l'amour
Des chaleureux combats, en cet immortel jour,
Soutient par ses exploits, au sein de la mitraille,
L'ardeur des régiments sur le champ de bataille.
Bientôt du noble chef les faits marquants et beaux
Sur le champ des combats ont de brillants échos.
Les soldats, excités par son brillant courage,
Sèment de tous côtés la stupeur et le carnage,
Voulant vaincre ou périr en ces conflits cruels,
Où les coups, tour à tour assénés, sont mortels.
Mais le fier Menschikoff fait marcher sa réserve ;
L'espoir d'un grand succès constamment il conserve.
A la tête, placé, de bouillants grenadiers,
Il s'élance à la hâte aux combats meurtriers

Et sait faire ployer, en la lutte émouvante,
Des braves régiments d'une ardeur éclatante.
Napoléon, ce prince ardent et courageux,
Dirige ses soldats vers le choc orageux,
Où des fiers ennemis les vifs feux étincellent,
Et les fers flamboyants sans cesse s'amoncellent.
Le plateau de l'Alma, rapidement alors
Il aborde, il franchit, par ses puissants efforts,
A travers les périls de la mortelle lutte
Où toujours le succès ardemment se dispute.
Le général Thomas, près du prince placé,
Dans ce choc vigoureux est gravement blessé.
Sur le champ de bataille il demeure sans cesse,
Et soutient le combat, toujours avec noblesse,
Sans faire attention, dans sa témérité,
Au large flux de sang qui détruit sa santé.
Partout de Saint-Arnaud la valeur martiale
Du prince sait aider la marche triomphale,
Dans ce sanglant combat on l'aperçoit vingt fois
Au fort des grands périls signalant ses exploits.
Comme les anciens preux, sa valeur magnanime
Se distingue au combat par un éclat sublime.
Sous son fer, les Français, par leurs traits de héros,
Partout de Menschikoff font ployer les drapeaux
Et la gauche et le centre, à la fin mis en retraite.
Signalent en fuyant leur sinistre défaite;
Dans le même moment, de Raglan les canons
Brisent de Menschikoff les ardents bataillons.
Ce chef à l'aile droite, avec persévérance,
Fait briller de son camp la force et la puissance.
Des masses de guerriers soutenus par l'airain,
Sèment de feu, de fer et de plomb son chemin.
De s'immortaliser il a la noble envie,
Comptant pour triompher sur sa mâle énergie,

Des fougueux ennemis il dirige à grands pas
Ses belliqueux guerriers au mépris du trépas,
Vers les positions fortement escarpées.
A leur tête, les chefs, brandissant leurs épées,
Paraissent résolus par des traits valeureux
A leur faire cueillir des lauriers glorieux.
Aussitôt des deux camps la valeur étincelle.
Le sang des combattants sous leurs armes ruisselle.
De la guerre bravant les effets et le sort,
On cherche par des coups à se donner la mort.
Sous le feu qui jaillit et sous l'airain qui tonne,
La valeur des guerriers et s'agite et bouillonne.
Du camp russe De Brow brise les régiments,
Son fer leur fait passer de terribles moments.
Ce formidable chef, tout plein de stoïcisme,
Partout fait étinceler son brillant héroïsme.
Par de nombreux renforts de guerriers renommés,
Ses bataillons rompus sont par lui reformés.
Des bouillants ennemis ramenés vers les armes,
Ils jettent dans leur camp le deuil et les alarmes,
Par leurs traits vigoureux intrépides et beaux,
Dignes des grands guerriers, dignes des vrais héros.
Dans ce fougueux combat, des cohortes entières
Ils domptent, au mépris des feux et des colères.
Mais Menchiskoff conduit des renforts plus nombreux
Pour vaincre de De Brow les soldats valeureux,
De Cambridge à la hâte, en ce grand choc s'élance,
Pour braver de ce chef l'ardeur et la vaillance.
Ses soldats, entraînés par sa brillante ardeur,
Le suivent à grands pas au sanglant champ d'honneur,
Tout brûlants du désir, dans ce choc énergique,
De faire resplendir leur valeur héroïque.
Le chef et ses soldats, des périls au plus fort,
Sous leurs valeureux fers sèment partout la mort.

Ils brisent les guerriers, pleins de valeur et d'audace,
Qui viennent hardiment les braver face à face,
Ils volent à travers les fers et les canons,
Pour combattre et dompter les plus fiers bataillons.
Les Russes, abattus sous leurs vaillantes armes,
S'éloignent du combat, plongés dans les alarmes,
Mais des renforts, au sein du bruit et du fracas,
Viennent renouveler ces acharnés combats.
De Cambrige le camp, toujours plein de vaillance,
Éprouve des revers sous leur mâle puissance.
De magnifiques chefs, tout couverts de lauriers,
Tombent dans l'action sous les fers meurtriers.
De vieux soldats vainqueurs, dans leurs cruelles luttes,
Tombent ensanglantés en ces sombres disputes.
De Cambrige, irrité, porte des coups plus forts
Et sait tout dominer par ses fermes efforts.
Il brise sous ses coups la phalange énergique,
Honorant son drapeau par sa lutte héroïque.
Le bouillant Menschikoff, au péril de ses jours,
Au milieu des grands chocs apparaissant toujours
Du formidable czar, de la garde, à la tête,
Lui-même il veut braver l'effet de la tempête.
Raglan, le fier Raglan, ce chef si valeureux,
Vole de Menschikoff vers les guerriers fameux,
Du valeureux Cambrige, en sa lutte brûlante,
Afin de soutenir l'épée étincelante.
Ce superbe héros fait voler en éclats
Les glaives des guerriers se trouvant sur ses pas ;
Sous ses terribles coups on voit dans la poussière
Rouler d'illustres chefs affrontant sa colère.
Le terrain qu'il parcourt en ces mortels conflits
Est partout humecté du sang des ennemis ;
Mais les fiers grenadiers, accourus dans la plaine,
Rendent, par leur valeur, la victoire incertaine.

Guidés par Menschikoff, ce chef audacieux,
Ils illustrent leurs fers par leurs traits glorieux ;
Leurs carrés enfoncés ils reforment sans cesse,
Défendant leurs drapeaux toujours avec noblesse,
Ils reprennent partout leurs terribles combats,
Au milieu des périls, pour donner le trépas.
Des bataillons anglais, en ces chocs frénétiques,
Tombent de ces guerriers sous les coups énergiques.
De Cambrige, de Brow, par leurs communs efforts,
Sèment leurs puissants carrés de blessés et de morts.
Et toujours en avant conduisent leurs colonnes,
Qui par leurs brillants faits méritent des couronnes.
Menschikoff, irrité, de l'Alma des hauteurs,
Fait pleuvoir par torrents les boulets destructeurs
Sur les braves soldats de ces chefs formidables,
Qui sont alors frappés de coups épouvantables.
Mais, tout à coup, on voit les guerriers écossais
S'honorer, en ces chocs, par les plus brillants traits ;
Tous brûlants du désir de montrer leur courage,
Avec un noble éclat, au fort du grand orage.
Au sein des fers, du plomb, des boulets et des feux,
Dont ils savent braver les effets désastreux,
A la voix de Raglan, aux luttes intrépides,
Aux hauteurs de l'Alma marchent à pas rapides,
Et du fier camp du czar méprisant le courroux,
Avec acharnement ils luttent sous les coups,
Et savent triompher, dans la lutte inouïe,
De ses fougueux guerriers de l'extrême énergie.
Mais Menschikoff conduit des masses de soldats
Afin de raviver ces terribles combats,
Et chercher à flétrir leur belle destinée
Par des revers subis dans la lutte acharnée
Qui viendront relever l'honneur des régiments
Tombés au champ de Mars dans des sombres moments

Mais aussitôt Raglan, enflammé par la gloire,
A son glaive voulant enchaîner la victoire,
Avec rapidité, dans un conflit cruel,
S'élance pour porter partout des coups mortels.
Aux hauteurs de l'Alma, dans la lutte brûlante,
Son camp voit illustrer son arme étincelante.
De Cambrige, de Brow et leurs vaillants soldats
Volent rapidement ensemble sur ses pas ;
Et tous les généraux, au sein de la tempête,
De leurs valeureux corps se plaçant à la tête,
S'élancent aux hauteurs où toujours le succès
Se dispute en ces chocs par les plus brillants traits.
La bataille devient grandiose et terrible ;
La fureur des deux camps est partout indicible.
L'altier Menschikoff fait des efforts surhumains
Pour donner à son camp de fortunés destins.
Ses bouillants grenadiers, dans la brûlante lutte,
Avec ténacité la victoire dispute.
Mais le brave Raglan, en ce choc destructeur,
Sait faire dominer sa martiale ardeur,
Vingt fois son puissant fer repousse la colonne ,
Si stoïque en ce jour, dans les champs de Bellone
Et trempe dans le sang de ses chefs valeureux,
Au fort de l'action son glaive glorieux.
Et parvient à vaincre, en la lutte orageuse,
Du fier czar la cohorte acharnée et fougueuse.
Sur l'Alma, tout à coup, inondé de lauriers,
Il se montre en vainqueur d'héroïques guerriers.
Le brave camp anglais, resplendissant de gloire,
Félicite son chef et crie alors : Victoire !
Aussitôt apparaît en cet heureux instant
Napoléon, ce chef d'un courage éclatant,
Qui sut orner son fer d'une palme immortelle.
Des Français dans la lutte, ardente et solennelle,

Où le chef, Saint-Arnaud, ce guerrier si glorieux,
Combattait comme lui sous les plus ardents feux.
Il vole, avec ce chef, de Raglan vers l'armée,
Qui sut par ses exploits grandir sa renommée.
Le Prince et les deux chefs, en se serrant les mains,
S'applaudissent alors de leurs heureux destins.
Goûtant de la victoire en ce moment les charmes,
Ensemble, de plaisir, ils répandent des larmes.
Pensant aux grands périls qu'ils ont dû surmonter,
Leurs âmes de bonheur se sentent transporter.
Près de ces chefs vainqueurs, les immortels zouaves
Serrent aussi les mains des Écossais si braves,
Qui, sur l'Alma, comme eux, à travers les boulets,
Parvinrent les premiers en bravant leurs effets.
Et les deux camps, remplis de joie et d'allégresse,
D'un immense bonheur sentent la douce ivresse.
Les braves alliés, le cours de leurs succès
Voulant continuer par d'héroïques traits,
S'élancent en avant ensemble dans la plaine,
Où la gloire sans cesse aux combats les entraine.
Mais dans le camp français pourquoi ces sombres cris,
Après de si brillants et si flatteurs conflits?
Le fougueux Saint-Arnaud, ce guerrier magnifique,
Qui fit voir à l'Alma sa valeur héroïque,
Et pour la noble France un dévoûment si beau,
Vient prématurément de descendre au tombeau...!
Du choléra-morbus il est tombé victime
Au sein de son triomphe, éclatant et sublime,
Et ses soldats en deuil, plongés dans les douleurs,
Poussent de grands sanglots et répandent des pleurs....
Comme principal chef de la fougueuse armée
Disposée à grandir partout sa renommée,
On nomme sur-le-champ le brave Canrobert,
Tout rempli de bravoure et de lauriers couvert ;

Qui fit voir à l'Alma, de son bras la puissance,
En faisant par ses traits resplendir la vaillance.
Alors, du nouveau chef, les glorieux soldats
Avec rapidité s'élancent sur les pas,
Et vers Sébastopol, immense place forte,
L'illustre chef conduit sa brillante cohorte
Pour livrer des assauts ardents, impétueux,
Et planter sur ses murs son drapeau glorieux.
Balaclava bientôt, et le cap Chersonèse,
Au camp russe sont pris par la valeur française.
La tranchée est ouverte, et puis rapidement
Sébastopol subit le grand bombardement
Des deux camps alliés, et par mer et par terre,
Montrant le noir tableau des fureurs de la guerre.
Aux foudres de l'airain, le bouillant Menschikoff,
Luders et Liprandi, Danneberg, Gortschakoff,
Répondent par des feux d'une extrême puissance
Qui brisent des guerriers tout remplis de vaillance !
On voit Zédé, Kourchid et de Labourdonnais,
Combattant en héros, s'illustrant par leurs traits,
Au milieu des périls de la lutte mortelle,
Passer du champ de Mars dans la nuit éternelle.
Bien d'autres nobles chefs et de braves soldats
Reçoivent à leur poste un éclatant trépas.
Dans ce sanglant conflit, dans ce combat sublime,
Menschikoff voit tomber Korniloff, Istomine.
Dans cent chocs belliqueux, ces deux grands amiraux
Avaient su par leurs traits illustrer leurs drapeaux.
Toujours dans leurs combats, au plus fort de la lutte,
Ils avaient de grands camps déterminé la chute.
Des régiments entiers, abattus et brisés,
Meurent sous les débris des palais renversés.
Et dans Sébastopol, des guerriers en alarmes
Les obus, les boulets brisent partout les armes

Les ravages cruels de ce sombre conflit,
Du prince Menschikoff ne troublent pas l'esprit ;
Il médite en secret des moyens de vengeance,
Pouvant des alliés dominer la puissance.
Par la ruse et la force, au sein de grands combats,
Il croit faire voler leurs glaives en éclats,
Et par un grand succès sa valeur couronnée
Conserverait du czar la belle destinée.

FIN DU DEUXIÈME CHANT.

CHANT TROISIÈME.

BATAILLE D'INKERMANN.

Menschikoff fait venir soixante bataillons,
Et, d'un heureux destin espérant dans les dons,
A la hâte il conduit son énergique armée,
D'une brûlante ardeur, à sa voix animée,
Furtivement, au sein des ombres de la nuit,
Devant le camp anglais, sans fracas et sans bruit,
Afin de lui porter, en des chocs formidables,
Plus sûrement des coups cruels, épouvantables.
Les soldats de Cathcart, débordés et frappés,
Se voyant de tous points par les fers écharpés,

Reculent un instant, malgré leur grand courage,
Sous les sanglants effets de ce fougueux orage.
Cathcart, ce général d'un courage si beau,
S'arrête d'Inkerman sur le vaste plateau.
Il reforme aussitôt sa bouillante colonne,
Qu'il maintient sous les coups et le bronze qui tonne.
Alors, un contre huit, les belliqueux Anglais
S'immortalisent tous par les plus nobles traits;
Bravement ils font face, en la lutte inégale,
Des Russes à la masse, ardente et colossale.
Tout inondés de sang, abîmés, déchirés,
Ils font voir la valeur de leurs bouillants carrés.
Noblement animés d'un pur patriotisme,
Rien ne peut dominer leur ardent héroïsme;
Les balles, les boulets, en ces mortels combats
Ne font pas de Cathcart chanceler les soldats;
Sans cartouches, sans plomb, et leurs armes brisées,
Les luttes par leur camp ne sont pas délaissées :
De leurs fers en éclats, ramassant les débris,
Ils frappent de nouveau leurs nombreux ennemis,
Et ces débris brisés, en des luttes nouvelles,
Ils reviennent, encor, aux approches mortelles ;
Des pierres dans les mains leur tiennent lieu de fers.
Ils se battent, toujours, des périls à travers,
Sans se préoccuper de la lutte inégale
Qui doit, assurément, être à leur sort fatale.
Accablés par le nombre, ils vont bientôt périr
Au noble champ d'honneur, en héros, sans faiblir.
O chose surprenante ! au sein de ces orages,
Une vive allégresse éclaire leurs visages,
En bravant les périls, ils paraissent heureux
Et redoublent d'ardeur, en ce choc glorieux.
Quel est donc le motif de leur grande allégresse,
En ce sombre moment si rempli de tristesse ?

C'est qu'ils viennent d'entendre un son pour eux bien doux ;
Au sein du brûlant choc excitant leur courroux,
Qui domine le bruit que produit dans l'arène
Les terribles effets de la lugubre scène,
Tout en venant charmer et réjouir leurs cœurs,
Par le flatteur espoir qu'ils resteront vainqueurs ,
Ce son, qui vient glacer dans la lutte émouvante
Leurs nombreux ennemis, de stupeur, d'épouvante,
Du fier czar, sans pâlir, les soldats valeureux
N'ont jamais pu l'entendre en leurs combats fougueux.
Il cause aux ennemis, dans les crises terribles,
Des paniques terreurs, des craintes indicibles ;
Et ce son, si sonore, et si retentissant,
Qui fait voir, tout-à-coup, l'ennemi frémissant,
C'est le son du cornet des immortels zouaves
Qui, partout, dans leurs chocs surmontent les entraves.
Ils venaient de savoir, qu'attaqués et surpris,
Les Anglais soutenaient de lugubres conflits
En faisant éclater, en cet instant suprême,
Et leur sublime audace et leur bravoure extrême,
Au sein d'affreux périls entr'ouverts sous leurs pas,
Où leur armée allait recevoir le trépas ;
Ils volaient au secours de leurs compagnons d'armes,
Subitement plongés dans de vives alarmes.
Ciel ! ô ciel ! quel terrible et lugubre tableau,
Présente en ce grand jour d'Inkermann le plateau,
Aux regards des guerriers si fermes et si braves,
Que tout le monde admire et qu'on nomme *zouaves !*
Ils trouvent les Anglais, meurtris, ensanglantés
Tout couverts de lauriers dignement mérités,
Au sein d'une bataille et grandiose et sombre,
Pressés de toutes parts, accablés par le nombre.
Tout autour d'eux leurs fers et brisés et sanglants.
Ont fait un grand amas de corps morts, de mourants.

Et ces guerriers toujours combattent dans la lutte
Où le succès n'a pas encor scellé leur chute ;
Avec empressement ils leur serrent les mains,
Se plaçant auprès d'eux pour braver les destins.
A l'instant Canrobert vient se mettre à leur tête
Et les lance au milieu de la vaste tempête ;
Leurs glaives acérés, au sanglant champ d'honneur,
Glacent de Menschikoff l'altier camp de terreur ;
Les plus fiers bataillons, de leur valeur victimes,
Sont plongés sous leurs coups dans les sombres abimes.
En vain, en ce grand choc, les plus fermes guerriers
Cherchent-ils à dompter leurs glaives meurtriers ;
Ils roulent tout sanglants bientôt dans la poussière,
Sous les coups répétés de la cohorte altière.
Le fougueux Menschikoff vient avec des renforts,
Pour leur porter des coups plus fermes et plus forts.
Une nouvelle lutte et cruelle et terrible
Fait encor resplendir leur valeur invincible.
Alors cinq contre un les Russes se battant,
Ne peuvent pas dompter leur courage éclatant.
Au sein des grands périls de ces chocs intrépides,
Constamment on les voit marcher à pas rapides,
Et partout s'illustrer par d'héroïques traits,
La gloire en recherchant par de nouveaux succès.
Canrobert, ce grand chef, d'un si beau caractère,
Avec eux fait sentir le feu de sa colère
Aux bataillons du czar, par des faits grands et beaux,
Espérant honorer, en ces chocs, leurs drapeaux.
A leur tête placé dans la lutte mortelle,
Il affronte le feu qui sans cesse étincelle,
Souvent son fer les couvre au sein de leurs combats,
Et sait les garantir d'un solennel trépas,
Et d'un Français tombé, quelquefois sur la tombe
De Russes par ses traits, il fait un hécatombe.

Mais ce grand chef, au sein d'un groupe de guerriers,
Dont il a su braver tous les fers meurtriers,
Reçoit un fatal coup d'une main ferme et sûre
Qui fait jaillir son sang d'une large blessure.
Le magnanime chef et sans crainte et sans peur
Commande encor le camp où brille sa valeur !
Il ordonne à Bosquet dans l'arène sanglante
De soutenir au sein de la crise émouvante
En leurs brûlants combats, en leurs chocs glorieux,
Les zouaves lancés au sein des ardents feux ;
Et aussitôt Bosquet, ce guerrier intrépide,
Vers les plus grands périls s'avance à pas rapide ;
Les formidables feux de ses tonnants canons
Brisent de Menschikoff les braves bataillons.
Des régiments entiers d'une mâle vaillance
Tombent ensanglantés sous leur vaste puissance ;
En vain de Menschikoff les soldats renommés,
Sous les feux, par leurs chefs, sont trois fois ramenés ;
Du martial Bosquet la brave artillerie
Par ses fiers artilleurs habilement servie,
Les brise par milliers en ce choc destructeur,
Et fait ployer leur camp tout glacé de terreur.
Ces faits d'armes brillants de guerriers énergiques
Faisant étinceler leurs exploits héroïques
Et couvrant leurs drapeaux des plus nobles éclats,
Des Anglais se passant sous les yeux des soldats ;
Leur intrépide camp, alors avec noblesse,
Tout entier bat des mains en signe d'allégresse ;
Des hauteurs d'Inkermann ses immenses bravos
Dans le camp des Français font bruir leurs échos.
Et l'hommage éclatant de tous ces frères d'armes
Fait goûter à leurs cœurs d'un vrai bonheur les charmes.
Puis des munitions aux Anglais arrivant,
Ils chargent leurs fusils et marchent en avant.

A la hâte on les voit descendre dans la plaine,
Où la victoire encor est restée incertaine.
A l'aile droite ils vont au-devant des renforts
Que Menschikoff conduit aux périls les plus forts,
Comptant pouvoir changer bientôt l'aspect des choses,
Qui fait craindre pour lui des revers grandioses.
De Cambridge, ce prince au grand et noble cœur,
Le luxe éblouissant de sa mâle valeur
Va joindre à son grand nom, dans un combat terrible,
Où l'on verra son fer demeurer inflexible.
Il conduit les Anglais, à pas précipités,
Vers les soldats du czar venant de tous côtés;
Ses soldats, transportés par sa noble vaillance,
De leurs fers font sentir en leurs chocs la puissance.
De l'altier Menschikoff ils brisent les guerriers,
Qui cherchent à braver leurs glaives meurtriers;
Ils vont vers la redoute où sombra par surprise,
Leur valeur au milieu d'une lugubre crise.
Ils y sèment partout, pour se venger du sort,
Largement la stupeur, le carnage et la mort.
Le valeureux Cambridge, en cette lutte extrême,
Seconde leur valeur par son glaive suprême:
Entré dans la redoute au sein de l'ouragan,
Méprisant de ses feux le terrible océan,
Sans se préoccuper, lors de ce sombre orage,
Des dangers que lui fait braver son grand courage,
Il fait plier du czar les orgueilleux drapeaux,
En plongeant ses guerriers dans la nuit des tombeaux;
Reprenant la redoute, à son arme fatale,
Il gagne avec éclat la palme triomphale.
Mais que de fiers guerriers, d'illustres combattants,
Tombent là, tout couverts de lauriers éclatants!!!
Le camp de Menschikoff, dans la lutte effrénée,
Voit avec désespoir pâlir sa destinée...

Mais son chef, menacé d'un solennel revers,
Par les affreux périls sous ses pas entr'ouverts,
Veut chercher de nouveau, dans l'alarmante scène,
Le succès par ses coups, dans la lugubre arène.
Quarante régiments formés de vieux soldats
Vont venir avec lui reprendre leurs combats.
Menschikoff du fier czar soutenant l'oriflamme,
Pour lui sait affronter et les feux et la flamme.
Au camp des alliés disputant le succès,
Ses valeureux soldats s'honorent par leurs traits;
Ils brisent bien des fers dans la lutte inouïe,
Menaçant de trancher fatalement leur vie,
Et portent, en leurs chocs ardents et chaleureùx,
Des coups aux combattants les plus impétueux.
Le bouillant Menschikoff, ce chef rempli d'audace,
Cherche des alliés à se trouver en face,
Devant eux il ramène, en ces luttes vingt fois,
Ses soldats qu'il soutient par ses nobles exploits.
De leurs fers il connaît la force et la puissance,
Et garde du succès sans cesse l'espérance.
Au sein des sanglants chocs, guidé par sa valeur,
Son étincelant fer peut demeurer vainqueur,
Si, de même que lui, ses soldats formidables,
Savent aussi porter des coups épouvantables,
Et la victoire peut couronner les guerriers
Dont les nobles exploits méritent des lauriers.
Tant de brillants héros, roulant dans la poussière,
Au champ de Mars ont vu terminer leur carrière!
Le brave duc Michel, l'ardent duc Nicolas,
Entraînent leurs guerriers sans cesse sur leurs pas.
Pleins d'intrépidité, tout remplis de courage,
Ils volent avec eux au sein du grand orage,
Et ces deux fils du czar, en cet immortel jour,
Font voir pour leur pays leur magnifique amour.

Au fort des grands dangers où la flamme étincelle,
On les voit prendre part à la lutte mortelle;
Menschikoff, qui les suit, maintient leur étendard,
Et cent fois de son corps il leur fait un rempart.
Il fait voir aux soldats de sa brave cohorte,
De chacun des deux ducs l'âme stoïque et forte,
Afin de s'en servir comme d'un talisman
Pour mieux les pousser tous au sein de l'ouragan;
Et l'aspect émouvant de cette noble image,
De ses fiers bataillons stimule le courage.
D'abord vers les Français il les mène à grands pas,
Espérant triompher dans de nouveaux combats.
Aussitôt une lutte, émouvante, acharnée,
Fait briller des deux camps la fureur effrénée;
D'Autemarre, Bosquet, Bourbaki, par leurs traits,
Disputent vaillamment aux Russes le succès.
Mais bientôt débordés en la lutte inégale,
Ils ont tous trois à craindre une chute fatale;
Montandon et Dubos, et leurs soldats fougueux,
Volent à leur secours au sein d'immenses feux.
Ces terribles guerriers, sous les coups de leurs armes,
Répandent la stupeur, le deuil et les alarmes;
Ils enfoncent partout les plus fermes carrés,
Qui tombent tour à tour sous leurs fers acérés.
Tout le camp russe est mis en grande effervescence
Par les cruels effets de leur mâle puissance.
Menschikoff fait marcher de vigoureux renforts
Pour dompter ces guerriers si fermes et si forts.
Wimpssen, Vessier, Camus, vers ces troupes nouvelles,
Volent pour soutenir des luttes solennelles.
Un terrible combat, des deux camps en fureur,
Fait resplendir l'audace et l'immense valeur ;
Quatre fois les Français, avec leurs baïonnettes,
Terrassent les ennemis au sein de ces tempêtes :

Emportés au milieu de ces conflits sanglants,
De leur esprit guerrier par les fougueux élans,
Quatre fois, sans fléchir, sous leur mâle puissance,
Le camp de Menschikoff fait briller sa vaillance ;
Par l'ardeur des grands-ducs se trouvant transporté,
Le plus vaste péril est par lui surmonté.
La défense, en ce choc, de ce camp énergique,
Est, à tous les regards, admirable, héroïque.
Que de guerriers lancés, en ces conflits fameux,
Tombent percés de coups sous les fers, sous les feux !
D'illustres commandants, vingt fois couverts de gloire
Dans d'immortels chocs, en gagnant la victoire,
Frappés mortellement en ces sanglants conflits,
Tombent avec éclat tout sanglants et meurtris.
Des grands-ducs les exploits éclatants et sublimes,
Des Russes excitent les élans magnanimes ;
De valeureux soldats épargnés par la mort
Dans cent combats fougueux, en affrontant le sort,
Echarpés par leurs fers en luttant dans l'arène,
Tombent ensanglantés dans la lugubre scène.
Mais Napoléon, prince intrépide et vaillant,
S'honore par ses traits en ce combat brûlant :
De tous côtés il guide ardemment sa colonne
Où le danger est grand, où la valeur bouillonne,
Et fait rétrograder les fougueux bataillons.
Bravant de ses soldats les fers et les canons,
Qui s'efforcent, en vain, dans la sanglante lutte,
D'éviter, par leurs traits, les effets d'une chute.
Mais bientôt Menschikoff rétablit le combat,
Amenant des renforts lui-même avec éclat,
Et montre ce que peut produire sa vaillance.
Au sein de l'ouragan, d'une extrême puissance
Il arrête l'élan des guerriers valeureux
Qui brisent sous leurs coups son camp audacieux.

Les soldats qu'il commande, aux chocs épouvantables
Accoutumés par lui, restent inébranlables.
Les efforts réunis des plus ardents guerriers,
Dont les fers sont ornés des plus nobles lauriers ,
Ne peuvent entamer sa fameuse cohorte ,
Sous les fers et les feux sans cesse ferme et forte.
Ses élans orageux, au sein du camp français,
Signalent sa valeur par d'héroïques traits ;
Son intrépidité, son imposant courage ,
La met à la hauteur de ce fougueux orage.
Le pur sang des Français coule alors à grands flots
Sous les terribles coups de ses brillants héros;
Des bataillons bravant du choc la véhémence ,
Les armes à la main succombent pour la France.
Canrobert frémissant sur son coursier fougueux
Rapidement s'élance au sein des plus vifs feux.
Le sang de sa blessure à flots ruisselle encore ;
Mais le désir de vaincre en ce jour le dévore.
Il conduit ses soldats vers les guerriers puissants
Qui leur ont asséné des coups retentissants;
Et bientôt à sa voix, en leurs combats rapides,
Ils brisent avec lui les carrés intrépides
Du camp de Menschikoff, cherchant, en ce grand jour,
A pouvoir triompher par ses traits à son tour.
La valeur des Français ardemment étincelle;
Elle sait dominer la lutte solennelle.
Canrobert, combattant en lion déchaîné,
Maîtrise par son fer ce conflit effréné ;
Ce héros immortel, ce vrai foudre de guerre,
Marque là noblement son séjour sur la terre.
Le prince Menschikoff et les ducs si vaillants
Sont forcés de ployer sous ses fougueux élans.
Ils résistent en vain à son glaive énergique ,
Brillant de tous côtés dans la lutte héroïque.

Et faisant chanceler les plus fermes héros,
Avec acharnement défendant leurs drapeaux.
De Lourmel, noble chef, d'une ardeur téméraire,
S'élançant au milieu d'une cohorte altière
Qui soutenait encor par ses véhéments coups
Les terribles effets de son vaste courroux,
Cerné par l'ennemi, frappé d'une main sûre,
Reçoit en combattant une grave blessure ;
Boyer et ses soldats, par leur mâle valeur,
Dégagent du péril ce guerrier plein d'honneur ;
Et Wimpsen, et Vessier, déjà couverts de gloire,
Portant les derniers coups, achèvent la victoire.
En ce moment prospère, un immense combat
Stankowitz, Dannenberg, livraient avec éclat
Ensemble, à l'aile droite, au fier camp britannique,
Bravant avec vigueur leur attaque énergique.
Les Anglais, aspirant de la guerre aux hauts faits,
De ces deux ardents chefs, pour affronter les traits,
S'avançaient l'arme au bras, et toujours impassibles,
Vers leurs nombreux canons faisant des feux terribles.
Leurs cruels effets ne peuvent refroidir
Le courage brûlant qui les fait tous agir.
Bien des guerriers brisés par l'ardente mitraille
Tombent ensanglantés sur le champ de bataille ;
Mais des braves Anglais les glaives valeureux
Portent au camp du czar des coups impétueux.
Vingt fois ils font plier dans la brûlante lutte
Où du succès l'honneur bravement se dispute,
Les orgueilleux guerriers qui bravent leur courroux
Au milieu de la flamme, et des feux et des coups ;
Mais des Russes, vingt fois, des colonnes nouvelles
Viennent renouveler ces luttes solennelles.
Les succès obtenus sans cesse sont repris,
Le sort des combattants toujours reste indécis.

Si des Russes le sang coule en grande abondance,
De ce foudroyant choc sous la mâle puissance,
Bien des Anglais aussi, dans ces conflits si beaux,
Par leurs fers sont plongés dans la nuit des tombeaux ;
Mais Raglan apparaît dans cette sombre crise ;
Au plus fort des périls son fer s'immortalise :
Cet intrépide chef, d'une insigne valeur,
Sait s'inonder de gloire au sanglant champ d'honneur,
Où les terribles fers de combattants stoïques
Cherchent à triompher des drapeaux britanniques.
Il brise sous son bras les altiers bataillons
Qui bravent de son camp les fers et les canons ;
Et partout, dans la lutte ardente, colossale,
L'ennemi voit briller son arme triomphale ;
Jamais, plus noblement, en des chocs meurtriers,
On a pu voir un chef moissonner des lauriers.
Mais Menschikoff a vu ce fer digne d'envie,
Qui vingt fois, sur l'Alma, vint menacer sa vie ;
Il veut vaincre à la fois ce chef et ses soldats
Sous son éclatant fer dans de nouveaux combats.
De braves régiments qui parèrent leurs têtes
D'étincelants lauriers au milieu des tempêtes,
Il dirige à grands pas sur les soldats vaillants
Qui restèrent vainqueurs en ces conflits sanglants.
Raglan de Menschikoff des réserves nombreuses
Voit brandir, vers son camp, les armes valeureuses.
Il dit à deux guerriers illustres, renommés,
Strangweys et Goldie, chefs de l'armée estimés,
De guider leurs soldats vers la fière colonne
Dont le sonore airain déjà mugit et tonne,
Et de faire sentir leurs glaives acérés
Aux martials guerriers de ses nombreux carrés.
Ces impétueux chefs, d'honneur, de gloire avides,
S'élancent à l'instant aux luttes intrépides

A travers les vifs feux qui volent sur leurs pas.
Du fougueux Menschikoff ils frappent les soldats ;
Leurs étincelants fers, au plus fort de la lutte,
Des plus fiers ennemis déterminent la chute.
Tour à tour les deux camps, tous remplis de valeur,
Répandent dans leur sein le deuil et la stupeur.
Dans ces lugubres jeux du sort et des hasards
Le sang des combattants jaillit de toutes parts ;
La lutte s'assombrit et devient plus terrible,
Chacun des camps cherchant à rester inflexible.
Mais enfin, des Anglais les fers et les canons
Brisent des ennemis les bouillants bataillons.
Menschikoff de son camp voit ce revers énorme ;
Ses braves régiments sur-le-champ il reforme,
Et des deux fils du czar en ces brûlants combats,
Luttant de même qu'eux, au mépris du trépas,
Toujours au sein des feux, toujours dans la mêlée,
La valeur pour modèle il présente à l'armée.
De Malaracowitz et de Borodino
De la gloire parlant, sa voix a de l'écho.
Ce souvenir flatteur son fier camp fanatise,
Il rentre avec éclat dans la terrible crise,
Et frappant les Anglais avec force et fureur,
Il jette tout-à-coup leur camp dans la douleur.
Au milieu de la lutte, acharnée et cruelle
Strangweys se voit plonger dans la nuit éternelle,
Et Derbie, de l'honneur toujours dans les liens
Passe du champ de Mars aux champs élisiens.
Le major Codrigton, d'une bravoure extrême,
Est gravement blessé dans la lutte suprême.
De sa blessure il voit jaillir à flots le sang
Et reste sous les feux, toujours au premier rang.
Mais Raglan, ce héros, l'honneur de l'Angleterre,
A vu ces grands effets des fureurs de la guerre ;

Son fer, dans les grands chocs toujours étincelant,
Se met à la hauteur de ce conflit brûlant.
Par ses ordres, des chefs en renom dans l'armée
Vont dans ces grands combats grandir leur renommée :
Torrens, de Brow, Bertinck, Adam, Cormus, Buller,
Ezerton et Richard, s'élancent vers le fer
Du fougueux Menschikoff, s'avançant dans l'arène
Afin de terminer la dramatique scène.
Aussitôt les guerriers se prennent corps à corps
Pour se porter des coups plus fermes et plus forts.
On tombe, on se relève, et l'on se bat sans cesse ;
Les combattants font voir une même hardiesse ;
Chaque camp tour-à-tour, et vainqueur et vaincu,
Laisse voir bien longtemps le succès suspendu.
Du camp russe, à la fin, la cohorte enfoncée,
Recule sous les coups, haletante et brisée.
Mais Menschikoff encor relève son moral ;
A la voix de ce chef, si fier, si martial,
Les carrés reformés reviennent dans la plaine,
Où l'honneur du drapeau constamment les enchaîne.
Menschikoff avec eux, par les plus nobles traits,
Dispute de nouveau la victoire aux Anglais.
On voit étinceler sa fureur effrénée
Au sein des grands périls de la lutte acharnée,
De grands guerriers il fait, sans cesse, sur ses pas
Voler de tous côtés les glaives en éclats.
(Que de fiers chefs, déjà couverts de meurtrissures,
Reçoivent sous son fer de terribles blessures !)
Mais Raglan, ce grand chef, ce superbe héros,
Sait changer les aspects, transformer les tableaux
Il aborde, il attaque, il fait ployer et brise
Les guerriers du fier czar dans la cruelle crise,
Se portant en tous lieux, sans cesse au premier rang,
Pour son noble pays prêt à donner son sang ;

Il pare tous les coups dirigés sur sa tête,
Et demeure inflexible au sein de la tempête.
Son camp à triompher par de nobles exploits,
Encourageant toujours du geste et de la voix ;
Ses soldats, enflammés par son brûlant courage,
Font dans le camp du czar un terrible ravage ;
Ils brisent les guerriers pleins d'intrépidité,
Résistant à leurs fers avec ténacité.
Le sang et la sueur sur tous les fronts ruissèlent ;
Les cadavres, partout, dans les champs s'amoncèlent.
Les fougueux combattants dans l'espoir du succès,
Cherchent à s'illustrer par les plus sanglants traits.
La fureur des guerriers est à son paroxysme,
Raglan sait la dompter par son grand héroïsme ;
De ces chocs la durée excitant son courroux,
Il porte aux ennemis les plus foudroyants coups.
Du camp de Menschikoff l'aile droite, en la lutte
Il aborde, il enfonce, il abime, il culbute.
La palme du triomphe avec un grand éclat
Reste enfin à son fer en ce mortel combat.
Intrépide Albion, pour toi quelle allégresse !
Ton superbe guerrier, si rempli de noblesse,
A maintenu l'honneur de tes brillants drapeaux,
Et fait de tes soldats d'étincelants héros !!!..
Dans ce séduisant jour de triomphe et de gloire,
Où battent tous les cœurs au bruit de la victoire,
Que de crêpes mêlés aux éclatants lauriers !
Deux mille quatre cents intrépides guerriers,
Dans l'arène étendus, gisent dans la poussière,
Victimes du courroux d'une cohorte altière.
Cathcart, ce grand guerrier que l'amour des combats
Faisait partout voler, au mépris du trépas,
Les armes à la main, en guerrier magnanime,
Est tombé sous les feux en sa lutte sublime,

Laissant à ses soldats sa brillante valeur
Comme un exemple à suivre au noble champ d'honneur.
Mais du camp des alliés, valeureux, indomptables,
Sous les efforts puissants, terribles, formidables,
Quinze mille guerriers, en ces combats fougueux,
Dans le camp du fier czar sont tombés sous les feux,
Et leurs corps tout sanglants, étendus dans la plaine,
Scellent des alliés le succès dans l'arène.

FIN DU TROISIÈME CHANT.

CHANT QUATRIÈME.

Alors de la tranchée, on voit les grands travaux,
Avec activité, repris par les héros;
Et de Sébastopol sans cesse les sorties,
Que font avec leurs chefs des troupes aguerries,
Afin de triompher par des coups vifs et forts,
Échouent des alliés par les puissants efforts.
Le froid et le typhus, avec persévérance,
Répandent dans leur camp la mort et la souffrance;
Mais leur force morale et leur mâle vigueur,
Du cruel sort leur fait supporter la rigueur.
A travers les fléaux amenés par la guerre,
Ils suivent tous le cours de leur noble carrière;

La mort, apparaissant sans cesse sur leurs pas,
Ne peut point maîtriser leur amour des combats.
Niel vient des alliés seconder la vaillance
Par les sages conseils de son expérience.
Il dit que Malakoff au pouvoir des Français
Ferait Sébastopol succomber sous leurs traits;
Que la possession de cet immense ouvrage
Serait, pour les deux camps, de sa prise le gage :
Car de Sébastopol c'est la clef, à ses yeux,
Qui lui fait présager un succès glorieux.
Mais dans Sébastopol quels grands cris lamentables!
Quels terribles malheurs, quels maux épouvantables,
Les Russes viennent-ils d'éprouver en ce jour !
Perdraient-ils d'un succès leur espoir sans retour?
« Le czar, ce souverain illustre, magnanime,
» A cessé d'exister, mais sa mort fut sublime!
» Son trop sensible cœur, rongé par le chagrin
» Causé de son fier camp par le sombre destin,
» N'a point pu supporter les effets de la chute
» Qu'éprouva son drapeau dans une ardente lutte.
» Idolâtrant son peuple, adorant ses guerriers,
» Il est mort du grand coup qui brisa leurs lauriers.
» Ce superbe monarque, en ce moment suprême
» De son âme a fait voir l'intelligence extrême :
» Son premier médecin lui fait l'aveu cruel
» Que son douloureux mal est devenu mortel,
» Et du grand souverain l'impassible visage
» En ce lugubre instant fait voir le grand courage :
» Sans pâlir ni trembler, il voit venir la mort
» Avec rapidité pour terminer son sort.
» Sa famille à ses pieds, abattue, éplorée,
» Par lui, dans tous les temps, chérie et vénérée.
» A supporter sa perte, en ce sinistre jour,
» Il prépare lui-même, avec un grand amour.

» Du ministre de Dieu se trouvant en présence,
» Il se montre pour lui tout plein de bienveillance.
» Il lui dit qu'il désire, à ses derniers moments,
» Chercher à se munir par lui des sacrements.
» Brisé par la douleur, mais toujours énergique,
• Debout il apparait, par un effort stoïque,
» Pour goûter dignement l'ineffable bonheur
» D'introduire en son sein le pur corps du Sauveur,
» Et rend à Dieu son âme, épurée, immortelle,
» Saintement et sans crainte, à l'heure solennelle. »
Alexandre, son fils, de ses vastes États
Héritant par sa mort, poursuit ses grands combats,
Et de Sébastopol pour suivre la défense,
Il nomme un noble chef connu par sa vaillance.
Brisé, meurtri, sanglant, le fougueux Menschikoff,
Alors est remplacé par le fier Gortschakoff.
Bientôt Sébastopol subit un grand orage ;
Un fort bombardement éprouve le courage
Du nouveau gouverneur et de tous ses guerriers,
Affrontant des boulets les effets meurtriers,
Gorschakoff voit tomber des légions entières
Des puissants Alliés sous le feu des colères.
L'ardent Boudischicheff, le brave Kourkoffki,
Et Korobagaloff, et le fier Batzinski,
Succombent tour à tour sur le champ de bataille,
Ecrasés sous les coups d'un torrent de mitraille,
Et Totleben, ce chef d'un mérite éclatant,
Reçoit une blessure, en ce cruel instant.
Le camp des Alliés en ces luttes terribles
Éprouve également des pertes très-sensibles ;
D'illustres officiers de braves bataillons
Tombent des assiégés sous le feu des canons.
Le valeureux Bizot, d'une ardeur consommée,
Connu par de beaux traits et chéri de l'armée,

Frappé mortellement, succombe avec bonneur.
Les assiégés toujours, remplis de hardiesse,
Poursuivent leur défense, avec vigueur, sans cesse.
Canrobert, très-souffrant, a besoin de repos ;
Le brave Pélissier remplace ce héros.
Kertsch, et puis Kamiesch, lieu rempli d'opulence,
Tombent des Alliés sous la mâle puissance,
Et de la mer d'Azof les vaisseaux ennemis
Sont battus et chassés dans de sanglants conflits.
Un vigoureux combat auprès du cimetière
Fait voir de Pélissier le noble caractère ;
Son camp il guide au sein des plus terribles feux,
Et brise les guerriers les plus impétueux.
Au milieu de la lutte, émouvante et sublime
Des deux valeureux camps que la bravoure anime
Rouyer de Saint-Victor frappé mortellement,
Tout couvert de lauriers, succombe noblement.
Saint-Cyr-Mathis, des feux sous la mâle puissance
Aussi, tombe, en faisant resplendir sa vaillance.
D'illustres chefs tombés en leurs combats brûlants
Les cadavres on voit près de leurs corps sanglants,
Le bouillant Pélissier, sa brave armée informe,
Que du mamelon Vert, l'artillerie énorme,
Au camp de Gortschakoff, au mépris de ses feux,
Il faut prendre d'assaut par des traits vigoureux.
A sa voix, sur-le-champ, la garde, les zouaves,
Nobles guerriers choisis dans les corps les plus braves,
S'illustrent, par leurs traits, en un fougueux combat,
Où leur brûlante ardeur jaillit avec éclat.
Ils bravent tous les coups, menaçant leurs têtes
Au plus fort des dangers de sinistres tempêtes.
Lavarande, Wimpsen, Hardy, de Brancion
Les guident hardiment sous les feux du canon.
Par leurs véhéments traits , la redoute terrible

Bientôt tombe au pouvoir de leur camp invincible
Soixante-dix canons en ces mortels conflits ,
Sont pris par les Français aux vaillants ennemis.
De braves régiments affrontant les effets,
D'une grêle d'obus, d'un torrent de boulets,
Leurs impétueux coups font ployer les cohortes
Persistant à braver les luttes les plus fortes.
Les zouaves lancés au sein des plus vifs feux
Entrent dans Malakoff par un élan fougueux.
Mais par un faux signal, un chef, plein de vaillance,
Trompé, fait de l'attaque échouer la puissance. 1
Maylan, ce noble chef, à ce grand champ d'honneur,
Fut victime aussitôt de sa fatale erreur ;
Il fut par un boulet frappé d'un coup suprême.
Les camps des Alliés, d'une vigueur extrême,
Durent rétrograder en ce sombre moment.
Pour un nouvel assaut livrer plus sûrement.
O désespoir affreux ! fatalité cruelle !
Raglan vient de passer dans la nuit éternelle ! !
Le terrible typhus a brisé le destin
De l'immortel héros, du guerrier surhumain.
Sa perte vient plonger dans de vives alarmes
Les deux camps qui l'aimaient et qui fondent en larmes ;
Chaque soldat savait la bonté de son cœur
Et déplore la mort de ce chef plein d'honneur.
Simpson, illustre chef, d'une valeur extrême,
Alors du camp anglais est nommé chef suprême.
Près de la Tchernaïa trente mille soldats,
Profitant d'un brouillard pour livrer des combats,
Attaquent sourdement des Alliés l'armée,
Espérant dominer leur valeur renommée.
Pélissier et Simpson dans des chocs solennels
Cueillent là, par leurs traits, des lauriers immortels ;
Avec leurs bataillons, attaqués par surprise,

Ils savent surmonter la grandiose crise ;
Les fers des alliés déciment sous leurs coups
Les bouillants ennemis excitant leur courroux.
D'Herbillon et Faucheux, au plus fort de la lutte,
Font craindre à l'ennemi par leurs traits une chute.
Les Sardes, emportés par leur mâle vigueur,
Auprès des Alliés luttent avec honneur ;
Par de la Marmora, sur le champ de bataille,
Rapidement guidés au sein de la mitraille,
Ils brisent les soldats pleins d'intrépidité,
Les inondant de coups avec célérité.
Mais Montevecchio, chef d'une ardeur fougueuse,
Reçoit une blessure en la lutte orageuse;
Persistant à braver les périls les plus forts,
Il soutient de son camp les suprêmes efforts.
Près du pont de Traktir une lutte nouvelle
Fait voir des alliés la valeur immortelle.
On voit la Marmora se tenant auprès d'eux
Les aider à dompter un déluge de feux,
Par son immense ardeur et son brûlant courage,
En répandant, comme eux, la mort et le carnage.
Du général Salken quatre mille guerriers
Tombent de ce grand choc sous les coups meurtriers.
L'intrépide Réad, dans un élan sublime,
Y périt avec eux de sa valeur victime,
Et la victoire, encor, en ce combat si beau
Reste des Alliés à l'éclatant drapeau...
Et les vainqueurs, plongés du bonheur dans l'ivresse,
Poussent de tous côtés de grands cris d'allégresse.

FIN DU QUATRIÈME CHANT.

CHANT CINQUIÈME.

SIÉGE ET PRISE DE SÉBASTOPOL.

SOMMAIRE. — Éclatant héroïsme de l'armée française et de ses chefs; intrépide défense des Russes. — Assauts : prise de la tour Malakoff, du petit redan, de la courtine et du bastion central par les Français. — Noble intrépidité des Anglais; assauts et prise par eux du grand redan. — Attaque et prise de Kyburne par les alliés. — Traité de paix

Les camps des Alliés sont remplis de guerriers
Aspirant à cueillir de splendides lauriers,
Qui devront couronner, dans des luttes terribles,
De l'Alma, d'Inkermann, les carrés inflexibles,
Leurs nobles drapeaux par leurs traits belliqueux
Ils sauront illustrer dans les jours orageux,
En faisant éclater dans leur lutte inouïe
Leur brillante valeur au mépris de leur vie.
Le désir de la gloire et du pays l'amour
Guideront aux combats les deux camps tour-à-tour.
Que de traits glorieux, que de faits héroïques
Vont encor resplendir en ces chocs dramatiques !
Si de braves soldats descendent aux tombeaux,
Ils auront par leurs fers illustré leurs drapeaux :
Mourir au champ d'honneur, c'est la mort la plus belle,
Car on laisse en mourant sa mémoire immortelle.

Les grands traits d'un héros sont cités en tous lieux,
Comme un exemple à suivre aux soldats courageux ;
Et c'est en y pensant, qu'enflammés par la gloire,
Ils font fléchir les camps et gagnent la victoire.
De Pélissier l'armée est pleine de valeur,
Et désire voler au noble champ d'honneur.
Les immenses travaux partout de la tranchée,
Pendant un an de morts et de blessés jonchée ,
Viennent d'être finis, et les guerriers français ,
Aspirent à marcher à de nouveaux succès.
Dans de rudes assauts leurs glaives formidables
Vont frapper l'ennemi de coups épouvantables,
Prendre Sébastopol est leur ardent désir :
Ils veulent, à tout prix, triompher ou périr ;
L'ordre pour les assauts, avec impatience,
Ils attendent du chef qui guide leur vaillance.
Ils veulent faire voir, ces vainqueurs de l'Alma ,
Qu'ils sont les dignes fils des héros d'Iéna,
Que comme eux, au milieu des luttes solennelles,
Ils savent rendre tous leurs armes immortelles,
Et qu'ils pourraient aussi, des périls à travers,
Pour la France, en vainqueurs, parcourir l'univers.
Mais quels sont donc ces cris de joie et d'allégresse ?
C'est Pélissier, ce chef, brave et plein de noblesse,
Qui paraît pour donner de la France aux guerriers
Le signal des assauts, sanglants et meurtriers,
Qui vont faire tomber au sein d'un grand orage,
Et le petit redan, ce formidable ouvrage,
Et les monts escarpés entourant Malakoff
Sous les terribles feux du camp de Gortschakoff.
A son état-major, brillant et formidable,
Fait de guerriers d'un courage indomptable,
Pélissier fait entendre un émouvant discours :
« Il parle de l'Empire et de ses brillants jours ;

» Il rappelle aux soldats que leurs immortels pères
» Des Russes ont vaincu les cohortes altières,
» Dans les champs d'Austerlitz et de la Moskowa ;
» Et dit que les vainqueurs d'Inkermann, de l'Alma,
» Comme eux, doivent partout grandir la renommée
» Des braves régiments de la nouvelle armée ;
» Que dans Sébastopol et sur tous ses remparts
» Il faut faire flotter leurs nobles étendards,
» Que leurs immortels fers, jusqu'alors invincibles,
» Triompheront encor dans des assauts terribles ;
» Que les soldats du czar sont de braves guerriers,
» Qu'on cueille, en les domptant, d'étincelants lauriers ;
» Que plus l'effort est grand pour gagner la victoire,
» Plus le vainqueur se couvre et d'honneur et de gloire,
» Et que sur Malakoff arborant leurs drapeaux,
» Ils feront voir en eux de sublimes héros. »
Pélissier se tournant alors vers les zouaves,
Ces immortels soldats si fermes et si braves,
Qui vont tous à la mort, en leurs chocs solennels,
Comme les fiancés dans le temple aux autels,
Le cœur content, charmé, battant avec vitesse
Sous l'agréable poids d'une vive allégresse :
« Fiers zouaves, dit-il, au glorieux destin,
» De la tour Malakoff vous savez le chemin ;
» Vos formidables fers dans un terrible orage
» Ont scintillé déjà dans cet énorme ouvrage.
» Si des faits imprévus nuisirent au succès,
» *Aujourd'hui Malakoff doit tomber sous vos traits.*
» Dans de brûlants assauts vos glaives héroïques
» Vaincront de Gortschakoff les légions stoïques,
» Et dans Sébastopol faisant voir vos drapeaux,
» Vos nobles traits en France auront de grands échos.
» De la garde, avec vous, les chasseurs redoutables
» Soutiendront par leurs fers vos chocs épouvantables.

» Et de la ligne aussi les fougueux régiments
» Comme vous, braveront, aux plus sombres moments,
» L'airain et les mousquets dans les assauts terribles,
» Où vos glaives devront demeurer inflexibles. »
Et Pélissier appelle à l'instant Mac-Mahon
Pour voler avec eux sous les feux du canon.
Mac-Mahon cet honneur reçoit avec noblesse ;
Ce choix vient le plonger dans la plus douce ivresse,
Et de ses fiers guerriers, sans aucun apparat,
A la tête il se met pour marcher au combat.
De ce martial chef l'attitude imposante
Présage un beau succès dans la lutte émouvante.
Pélissier, pour l'aider dans ce sanglant conflit,
A de La Motte-Rouge, au fier Dulac prescrit
Au centre de guider leurs bouillantes cohortes
Aux périls les plus grands, aux luttes les plus fortes.
Au valeureux Bosquet, vers le petit redan
Il dit d'aller dompter le terrible ouragan ;
Et puis, de Pélissier la voix mâle et nerveuse
Donne enfin le signal de l'attaque fougueuse.
Alors de tous côtés les tambours, les clairons
Battent, sonnent la charge au sein des bataillons
Qui volent avec joie aux combats héroïques
En faisant scintiller leurs armes énergiques.
Leur solide attitude en marchant au combat
D'un immense succès fait présager l'éclat.
Ils passent un fossé d'une longueur immense,
Où le plomb et le fer tombent en abondance,
Gravissent sans fléchir le mur rapidement,
Franchissent du talus le large escarpement,
Et sur le parapet ils engagent la lutte
Où les deux fougueux camps se font craindre une chute
On se prend corps à corps, on se bat tour-à-tour,
Voulant vaincre ou mourir en ce lugubre jour.

Les combattants blessés, sans cesse dans l'arène
Reprennent le combat où l'honneur les ramène.
Le parapet jonché de cadavres meurtris
Signale les revers des altiers ennemis.
La ligne, les chasseurs et les fougueux zouaves
Dans les mortels conflits si fermes et si braves,
Enflammés, transportés en ces chocs belliqueux,
Font tout ployer, tomber sous leurs coups vigoureux,
Et sur le parapet une cohorte entière
Sous leurs terribles fers roule dans la poussière.
Tout-à-coup un soldat quitte son régiment,
Vers la tour Malakoff il marche hardiment;
Il en gravit les murs sous les feux formidables
Que font sur lui planer des guerriers redoutables.
Au visage frappé dans son ascension,
Il cherche à consommer sa brillante action,
Et parvient, soutenu par son ardent courage,
A planter un drapeau sur cet énorme ouvrage,
Et toujours sous les feux, et tout couvert de sang,
A la hâte il revient se placer à son rang,
Pour voler à l'assaut de la tour assiégée
Et subir les effets de la lutte engagée.
Liébaut est le nom de ce vaillant soldat,
Qui cueillit un laurier avec ce noble éclat.
« Amour de la patrie ! ô sentiment sublime !
» Tu sais rendre au combat le guerrier magnanime ;
» Tu fais au champ d'honneur, par des traits grands et beaux,
» Du plus simple mortel un superbe héros !! »
Ce signal du triomphe électrise l'armée
Qui veut par de hauts faits grandir sa renommée.
Chaque soldat français sent germer dans son cœur
L'ardent désir de vaincre au champ d'honneur.
Des zouaves le sang et s'agite et bouillonne,
L'étendard triomphal et le bronze qui tonne

Font briller de nouveau leur esprit belliqueux;
Ils sautent dans la tour au sein d'éclatants feux.
Aussitôt un combat véhément et terrible
Fait voir des combattants la fureur indicible.
On s'aborde, on se frappe, on se prend corps à corps,
Pour s'égorger on fait les plus ardents efforts.
Du bouillant Gortschakoff la troupe ferme et fière,
Irritée, en courroux, bouillonnant de colère,
Porte aux guerriers français des coups retentissants;
Elle cherche en ce choc, par des traits éclatants,
A conserver la tour où brilla sa vaillance,
Sous d'innombrables feux, d'une extrême puissance,
Pied à pied le terrain, en ces mortels combats,
Partout elle défend, au mépris du trépas.
Tout le sang généreux qui jaillit de ses veines
N'arrête pas ses fers en ces sinistres scènes.
Bien des guerriers français, ardents et valeureux,
Succombent sous ses coups fermes et vigoureux;
Mais les coups répétés des valeureux zouaves
Dominent à leur tour tous ces guerriers si braves :
Par leurs terribles fers, meurtris, ensanglantés,
De la tour en dehors ils sont tous rejetés,
Et les fougueux Français, resplendissants de gloire,
Arrachent à la fin aux Russes la victoire.
Des Russes refoulés les plaintes, les sanglots,
Dans la tour Malakoff ont de sombres échos.
Mais où se passe donc cette scène infernale?
C'est dans Sébastopol où bat la générale.
Gortschakoff furieux amène des renforts,
Pour livrer des combats plus ardents et plus forts.
Des ouvrages minés en éclatant bruissent.
Le peuple et les guerriers pour le combat s'unissent.
Ils pensent qu'à l'assaut, se trouvant plus nombreux,
Ils reprendront la tour dans des chocs vigoureux.

Gortschakoff les conduit, ils sont pleins d'espérance ;
Ils comptent triompher par sa mâle vaillance.
Les bombes, les boulets viennent frapper la tour,
Les Russes pour l'honneur font voir leur grand amour ;
Aimant leur souverain, chérissant leur patrie,
Ils veulent les défendre au péril de leur vie.
Ils font de Malakoff voir aux brillants vainqueurs
Que dans Sébastopol ils ont des défenseurs,
Voulant reconquérir les palmes arrachées,
Les lauriers recueillis, ainsi que les trophées,
Que toujours des revers solennels, éclatants,
Peuvent se réparer par de fiers combattants
En reprenant l'objet, motivant la dispute,
Où leurs fers ont fléchi dans une sombre lutte.
Le fougueux Mac-Mahon engage ses guerriers
A reprendre à l'instant leurs combats meurtriers ;
Il leur dit : « Méprisez de l'airain la puissance,
» En défendant la tour montrez votre vaillance ;
» Que la victoire encor, comme un phare brillant,
» Vienne guider vos pas en ce combat brûlant. »
Et sous le bronze, alors, qui mugit et qui tonne,
Lui-même il fait placer sa stoïque colonne.
Ce chef et ses soldats, déjà deux fois vainqueurs,
Veulent encor braver des Russes les fureurs.
Notablement pourvus d'énergie et d'audace,
Sans cesse, un contre cinq, aux Russes ils font face.
Leurs armes font un feu foudroyant, infernal,
Pour garder sur la tour leur drapeau triomphal.
Mais du fier Gortschakoff le camp plein de courage,
Résiste sans faiblir au formidable orage.
Les Russes, par leurs coups véhéments, vigoureux,
Ripostent des Français aux traits impétueux.
Ils affrontent la mort qui plane sur leurs têtes,
Comme les matelots, sur la mer, les tempêtes,

Sans se préoccuper des sinistres effets
Que la foudre produit par ses terribles faits.
Que de braves Français, en ces combats sublimes,
Tombent sous leurs drapeaux, de leur valeur victimes!
Mais l'ardent Mac-Mahon, redoublant de vigueur,
En ce fougueux combat encor reste vainqueur.
La cohorte du czar et faiblit et chancelle,
Et s'éloigne, à pas lents, de la lutte mortelle;
Mais les chefs réformant leurs braves bataillons
Les mènent de nouveau sous les feux des canons.
Une nouvelle lutte, éclatante, acharnée,
Fait voir des combattants la fureur effrénée;
Des Russes écharpés et de sang tout couverts,
Persistent à voler des glaives à travers.
Mais la valeur française, en la nouvelle lutte,
Vient encore consommer des ennemis la chute.
Les Russes abimés délaissent le combat
Où brilla leur courage avec un grand éclat;
Mais leurs valeureux chefs, frémissants de colère,
Ramènent vers la tour leur troupe ardente et fière.
Le bouillant Mac-Mahon, encore cette fois,
Triomphe de leurs fers par ses brillants exploits.
Vainqueurs dans trois assauts, étincelants de gloire,
Aux Français dans la tour demeure la victoire.
Quels sont encor ces bruits d'armes et de chevaux
Qui jettent dans la tour de sinistres échos?
Subitement on voit, de troupes furibondes
Des masses arrivant, compactes et profondes,
Pour reprendre aux Français, avec un grand éclat,
Tout le terrain conquis dans le dernier combat,
Et tirer, des affronts qu'éprouve leur vaillance,
Par d'éclatants succès une noble vengeance.
Mac-Mahon, hors la tour conduisant ses guerriers,
Les excite à cueillir de splendides lauriers

Les zouaves fougueux, les chasseurs de la garde,
Les ardents fantassins, toujours à l'avant-garde,
Comptent en ce conflit rester triomphateurs,
En portant de nouveau des coups dominateurs.
Du bouillant Gortschakoff à la forte colonne,
Dont l'extrême fureur et pétille et bouillonne,
De même que la lave en sortant d'un volcan,
Et qui croit tout briser comme un fort ouragan,
Dans un choc véhément, cruel, impitoyable,
Et prendre Malakoff, cette tour formidable,
Que dans d'ardents assauts les Français valeureux
Ont, par leur noble audace, au sein de mortels feux,
Récemment arrachée à sa valeur extrême,
Qui sombra forcément dans un moment suprême,
Où les drapeaux du czar, noblement défendus,
Ployèrent de tous points sous les coups abattus.
Le brave Pélissier, ce généralissime
Qui guide les Français en leur lutte sublime,
Amène des renforts, formés de vieux guerriers,
Pour aider Mac-Mahon en ces chocs meurtriers,
Et dit à ses soldats : « A des luttes nouvelles
» Volez, pour recueillir des palmes immortelles;
» Sans cesse combattez, ne reculez jamais;
» Que le succès encor jaillisse de vos traits.
» Vingt mille Anglais, à gauche, ardents, pleins de vaillance,
» De Français, pareil nombre, à droite, avec constance
» Seconderont vos traits véhéments, vigoureux,
» Qui devront triompher en ces chocs belliqueux. »
Aussitôt, Mac-Mahon, d'une ardente énergie,
Du camp de Gortschakoff affronte la furie.
Les soldats qu'il conduit vers les feux, à grands pas,
Des Russes font voler les glaives en éclats.
Ils frappent des guerriers d'une ardeur formidable,
Qui veulent maîtriser leur courage indomptable,

En leur faisant sentir, par leurs terribles coups,
Les sinistres effets de leur brûlant courroux.
L'attaque et la défense, ardentes, chaleureuses,
Font subir aux deux camps des pertes désastreuses.
Le vaillant Stankowistz combat comme un lion ;
Des Russes sa valeur fait l'admiration.
Au sein de grands dangers, au plus fort des alarmes,
On voit avec éclat briller ses nobles armes
A la tête toujours de fameux carrés,
Il sait les maintenir sous les fers acérés.
En ce sanglant combat, sa bouillante colonne
Sous les coups des Français et frémit et frissonne ;
Mais son brillant courage, en face du trépas,
En ces sombres conflits ne l'abandonne pas :
Partout cette cohorte, et si ferme et si fière,
Fait sentir aux Français le feu de sa colère.
De nobles chefs, marchant de son camp à travers,
Succombent sous ses coups, périssent sous ses fers ;
De Bouteville, chef brillant, recommandable,
Qui dans cent chocs fameux sut rester indomptable,
Mortellement blessé succombe sous ses feux,
Étincelant de gloire en ce combat fameux.
Le commandant Farine, au sein du sombre orage
Dont le fer par ses coups répandait le carnage,
Sur le champ de bataille, à travers les canons,
Les ardents fantassins, les bouillants escadrons,
Frappé de mort, succombe aussi dans cette lutte,
En illustrant son fer par sa sublime chute.
D'autres chefs distingués, d'intrépides soldats,
Épargnés par la mort en cent fougueux combats,
Tombent, dans cette lutte ardente, meurtrière,
Sous les terribles coups de la cohorte altière
Que le fier Stankowicz, par sa mâle valeur,
Dirige et passionne au sanglant champ d'honneur

Mais, tout à coup, on voit les valeureux zouaves,
Qui veulent tous venger les combattants si braves
Qui faisaient scintiller aux premiers rangs toujours
Leurs glaives renommés aux mémorables jours.
Pleins de fougue et d'audace, ils frappent la cohorte
De l'ardent Stankowicz et si ferme et si forte ;
De leurs terribles fers les formidables coups
Assomment les guerriers qui causent leur courroux.
Vainement Stankowicz, pourvu d'un grand courage,
Par des traits de vigueur veut maîtriser l'orage :
Ses braves bataillons, éperdus, enfoncés,
Il voit, de toutes parts, débordés, renforcés.
Les plus fermes guerriers de sa cohorte altière
Fléchissent sous les coups des Français en colère.
Le bouillant Stankowicz, ce chef au noble cœur,
Veut encor de ce choc se mettre à la hauteur ;
Il reforme à l'instant sa vaillante colonne,
Toujours comptant pouvoir cueillir une couronne.
Dans un nouveau combat formidable et brûlant,
A l'endroit où fléchit son fer étincelant,
Et bientôt son fier camp d'une valeur suprême,
Tout bouillant de colère, il dirige lui-même
Sous les terribles·feux des combattants fougueux
Qui, dans les derniers chocs, furent victorieux.
Les fers de tous côtés se croisent et scintillent,
Les feux des bataillons à chaque instant pétillent ;
Les deux camps en courroux, en ce choc grand et beau,
Marchent sans chanceler au-devant du tombeau.
On se prend corps à corps, partout on s'entremêle,
Et la lutte devient acharnée et cruelle.
Dans le camp des Français, bien des guerriers fameux
Reçoivent en ce choc un trépas glorieux.
Le fougueux Stankowicz, répandant le carnage
Au plus fort des périls où brille son courage,

Et ses fiers bataillons qui marchent à sa voix
Sans cesse sur ses pas signalent leurs exploits.
Mais la garde, la ligne, et les bouillants zouaves,
Triomphent de nouveau dans ces luttes si graves,
Et l'ardent Stankowicz sort de ce grand combat,
Où son valeureux camp succombe avec éclat.
Emmenant sa cohorte haletante, écharpée,
En la couvrant encor de sa vaillante épée.
A l'aspect douloureux de ce revers navrant,
Gortschakoff, tout ému, désolé, gémissant,
Ne songe qu'à venger cette brave colonne ;
Dans ses veines son sang et frémit et bouillonne,
Quand il pense au revers de ses nobles drapeaux,
Si longtemps défendus en ces combats si beaux.
De son auguste maître à la douleur immense,
En sachant cet échec, également il pense ;
Mais il croit parvenir en de nouveaux combats
A bientôt ramener le succès sur ses pas.
La formidable garde, ardente et valeureuse,
Il prépare à marcher en la lutte orageuse.
Stankowicz, qui répand alors d'abondants pleurs,
De ses vaillants soldats sur les vastes douleurs
Que leur font éprouver tous les revers terribles,
Où leurs valeureux fers furent rendus flexibles,
Du camp de Gortschakoff ayant vu le secours,
Qui semble présager de plus glorieux jours,
Dit à ses fiers soldats : « Voulez-vous la mitraille,
Enfants, braver encor sur le champ de bataille? »
— « En avant! en avant! répondent les soldats,
Nous voulons, au sein des feux, revoler sur vos pas. »
Alors le brave chef, dans la sanglante arène,
Avec rapidité sous son glaive les mène.
Un terrible combat au sanglant champ d'honneur
Fait de nouveau briller leur bouillante ardeur.

Au fort des grands dangers, toujours à pas rapides,
Stankowicz fait marcher ses soldats intrépides
Qui frappent hardiment les superbes héros,
Dont les traits en tous lieux ont de brillants échos,
Et les fers et les feux au sein du grand orage
Ne peuvent pas dompter leur éclatant courage.....
Guidés par un héros, ils font tous à sa voix
Resplendir leur valeur par de nobles exploits.
Le bouillant Stankowicz, en ce choc dramatique,
Fait voir à ses soldats sa valeur héroïque ;
Il cherche les plus grands, les plus brillants guerriers,
Pour lutter avec eux et gagner des lauriers.
Sa suprême valeur, sa brûlante énergie,
Excitent de son camp l'audace et la furie.
Et ses fiers bataillons s'élançant sur ses pas,
Sèment de tous côtés le sang et le trépas.
L'orgueilleux Gortschakoff, suivi de sa cohorte,
Soutient de Stankowicz l'attaque ferme et forte ;
Son fer couvre ce chef si rempli de valeur,
Toujours prêt à périr au poste de l'honneur.
La bravoure des chefs stimule le courage
Des valeureux soldats au milieu du carnage.
Chaque camp par ses traits veut dominer le sort,
Et cherche à triompher au mépris de la mort.
Les guerriers inspirés par l'honneur qui les guide,
Font tous étinceler leur ardeur intrépide ;
Des régiments entiers, abattus sous les coups,
Font voir des combattants le terrible courroux ;
Des belliqueux Français les vigoureuses armes
Répandent la stupeur, la mort et les alarmes.
Mais les Russes on voit comme un mur de granit
Rester toujours debout en ce cruel conflit.
A chaque instant on voit des phalanges nouvelles
Venir pour raviver ces luttes solennelles.

Le bouillant Mac-Mahon et ses soldats fougueux
Avec rapidité volent au sein des feux.
Pour de si grands guerriers qui savent tout abattre,
Il faut un brave camp à frapper, à combattre.
Les zouaves, portés au fort de l'action,
De même que la lave en ébullition,
Brisent sur leur chemin avec persévérance
Tout ce qui fait obstacle à leur mâle puissance.
Du camp de l'altier czar les vigoureux carrés,
Tombent avec éclat sous leurs fers acérés.
Tout entier le camp russe et faiblit et chancelle
Sous les fers et les feux en la lutte mortelle ;
Mais résistant sans cesse en ces sombres combats,
Ses guerriers corps à corps affrontent le trépas.
Au sein de l'ouragan qui les mine et dévore,
Tout-à-coup on entend mugir l'airain sonore,
Qui vient dans les deux camps par ses tristes échos
Des solennels conflits assombrir les tableaux.
C'est la flotte voguant dans les plaines humides,
Qui fait jaillir ses feux en ses chocs intrépides ;
Des vaisseaux alliés les boulets foudroyants
Brisent de Gortschakoff les drapeaux flamboyants,
Et Mac-Mahon, ce chef tout plein de stoïcisme,
Voit de son brave camp triompher l'héroïsme.
Abattus, haletants, écharpés, déchirés,
Les Russes, du combat sortent désespérés,
Et la tour Malakoff après cette victoire
Reste enfin aux Français, resplendissants de gloire...
L'étendard triomphal voyant sur Malakoff,
Desalles vers le camp du bouillant Gortschakoff,
Au bastion central, dirige sa colonne,
Sous le terrible airain qui mugit et qui tonne ;
Et Gouston et Trochu, généraux renommés,
Par l'ardeur de ce chef, transportés, enflammés,

Se lancent avec lui dans l'ardente fournaise
Où l'on voit bouillonner la valeur française.
Les boulets, les obus, en ces mortels combats,
Qui pleuvent, par torrents, des guerriers sur les pas
Ne peuvent point dompter les élans héroïques
Qui les font triompher en ces chocs énergiques.
Le bastion central, par leur haute valeur,
Ils prennent, sans fléchir, sous le feu destructeur,
Et chassent sous leurs coups du formidable ouvrage
Les Russes, abîmés, en ce nouvel orage.
Mais les fiers ennemis, devenus furieux,
Veulent renouveler ces chocs impétueux ;
La défense poussant jusqu'à la frénésie,
Ils font jaillir les feux de leur artillerie
Tout-à-coup démasquée aux regards des héros
Qui se sont illustrés par les traits les plus beaux.
Alors le camp français, dont le courage éclate,
Ardemment foudroyé dans son poste, à la hâte,
Voit tomber, tour-à-tour, les plus brillants guerriers,
En ces nouveaux combats, véhéments, meurtriers :
Rivet, Breton, deux chefs qui, par leur renommée,
S'étaient fait estimer dans les rangs de l'armée,
Au fort de la mêlée, en ces conflits cruels,
Tombent avec éclat, frappés de coups mortels.
Et Couston et Trochu, vingt fois vainqueurs du nombre,
Descendent sous les feux dans la demeure sombre,
Tout couverts de lauriers recueillis par leurs fers.
Dans ce choc, en marchant des périls à travers,
De valeureux soldats, de leur ardeur victimes,
Succombent, illustrés par leurs traits magnanimes.
Le bastion central conquis par leurs succès
Est alors délaissé par les ardents Français ;
Mais ces nobles guerriers, sans peur et sans reproches,
Reviennent à la hâte aux mortelles approches ;

Un combat, solennel, émouvant, acharné,
Fait briller des deux camps le courroux effréné.
Sous le terrible feu qui sans cesse étincelle,
Le sang des combattants et jaillit et ruissèle.
Les deux camps irrités s'illustrent par leurs traits,
Dans l'espoir d'obtenir d'étincelants succès.
Lebœuf, de Genouilly, chefs tout pleins d'énergie,
Domptent de Gortschakoff l'indomptable furie.
A la fin, par les feux de leurs puissants canons,
Ils brisent de ce chef les bouillants bataillons,
Qui, défaits, abimés, dans la lutte orageuse
Où brilla leur bravoure, ardente et chaleureuse,
Sortent, en frémissant du bastion central,
Où l'on voit des Français le drapeau triomphal
Planer avec éclat aux regards de l'armée,
Qui sait dans tous ses chocs grandir sa renommée :
Lors de ce beau succès, comme un grand ouragan,
Auprès de la courtine et du petit redan,
Les deux valeureux camps, au sein d'un choc extrême,
Le carnage y semaient dans leur courroux suprême.
Et de La Motte-Rouge et Dulac et Bosquet,
Bravaient-là les effets du canon, du mousquet ;
Trois cents bouches à feu, la mort partout vomissent,
Les flammes et les feux, les deux camps éblouissent,
Et les fiers bataillons des trois chefs vigoureux
Qui ne veulent pas voir d'obstacles à leurs vœux,
Enlèvent d'un seul choc les deux vastes ouvrages,
Théâtres émouvants des plus sombres orages ;
Mais au sein du triomphe, on voit Bosquet tomber,
Blessé, sanglant, on craint de le voir succomber.
Ce héros magnanime en ces chocs intrépides
Exposait trop ses jours aux foudres homicides.
Les régiments français, malgré leur grande ardeur,
Sont contraints à ployer sous l'airain destructeur,

Du camp de Gortschakoff l'immense artillerie
Venant de tous côtés leur arracher la vie.
Mais, bientôt reformant leurs mâles légions,
Ils rentrent en vainqueurs dans leurs positions.
D'innombrables renforts attaquant leurs cohortes,
Des ouvrages repris les poussent hors des portes.
Mais de La Motte-Rouge et l'ardent de Liniers,
Persistant à tout prix à cueillir des lauriers,
Ramènent de nouveau leurs carrés formidables
Qui frappent l'ennemi de coups épouvantables.
L'assaut est émouvant, terrible, solennel ;
C'est un choc sans quartier, c'est un combat mortel,
Chaque camp par ses traits veut gagner la victoire
Ou mourir à son poste en se couvrant de gloire.
Des soldats à la tête, en ce sanglant combat,
Les chefs savent se battre avec un noble éclat ;
Sur la brèche, debout, au sein du sombre orage,
Ils frappent les guerriers les plus impétueux,
Qu'ils font rétrograder sous leurs coups vigoureux,
En bravant les effets de leur vaste furie,
De même qu'au beau temps de la chevalerie,
La noblesse française illustrant ses blasons,
Brise des ennemis les bouillants bataillons.
De Saint-Pol, de Préval, par leurs vaillantes armes,
Jettent des régiments dans de chaudes alarmes.
De Pondevès, Saint-Mars et de Latour-Dupin
Se signalent sans cesse en bravant le destin ;
La garde impériale en la lutte brûlante
Fait voir également sa valeur pétillante ;
Elle frappe, elle abat de braves régiments
Victimes des effets de ses emportements.
Que d'actions d'éclat et de traits magnanimes
Eblouissent les yeux en ces combats sublimes !!
Du général Regnault le glaive glorieux

Se couvre de lauriers en ces chocs valeureux ;
Ce superbe guerrier, premier chef de la garde,
Le fait briller vingt fois au sein de l'avant-garde,
Et force par ses traits des guerriers pleins d'ardeur
A ployer et fuir sous son glaive vainqueur.
Les Russes, irrités, transportés de colère
De solides abris vont se cacher derrière,
Et bientôt démasquant d'innombrables canons,
Des Français vis-à-vis les fougueux bataillons,
Les boulets, les obus, le plomb, la mitraille,
Ils font pleuvoir à flots sur le champ de bataille,
Où, sans cesse, la mort volant de toutes parts,
Fait tomber les guerriers comme les étendards.
Que de brillants héros à cette fatale heure
Descendent tout sanglants dans la sombre demeure !!!
De Préval, de Saint-Pol, périssent sous les feux,
Les armes à la main, en guerriers valeureux.
Au sein de mille feux, au plus fort de la lutte,
Le fier de Poudevès voit arriver sa chute
Au moment où son fer tout couvert de lauriers
Abattait sous ses coups des groupes de guerriers.
Bourbaki, Mellinet, en la crise émouvante,
Dont les glaives jetaient la stupeur, l'épouvante,
Constamment par leurs coups vigoureux, affermis,
Dans les compactes rangs des bouillants ennemis.
Sont gravement blessés, en montrant leur vaillance,
Des foudres de l'airain par la mâle puissance.
Les deux positions conquises par leurs traits
Sont reprises encor aux belliqueux Français,
Qui, sans en être émus, reforment leur colonne,
Afin de revenir sous le bronze qui tonne,
Et de pouvoir rentrer, par des combats nouveaux,
Dans les terrains repris en bravant leurs drapeaux.
Et bientôt on les voit, tout remplis d'énergie,

Reprendre le combat au mépris de leur vie ;
Au camp de Gortschakoff ils portent de grands coups,
Cherchant à dominer son éclatant courroux.
L'intrépide Regnault arrive avec la garde,
Des étendards français brillante sauvegarde ;
Ses bouillants bataillons, pleins d'intrépidité,
Frappent les ennemis avec rapidité.
Par de nobles exploits, par des traits héroïques,
Ils illustrent leurs fers, en ces chocs dramatiques ;
Alors, sur la courtine on les voit s'établir,
Sachant, par leur valeur, partout se maintenir,
A travers les boulets et les feux et les flammes,
Inondant leurs carrés et leurs beaux oriflammes,
Soutenus par les feux de foudroyants canons
Qui du camp ennemi frappent les légions.
Le camp de Gortschakoff, abîmé dans la lutte
Délaisse la courtine, objet de la dispute,
Sort du petit redan où brilla sa valeur.
Sans lutter davantage à ce poste d'honneur,
Fortement convaincu que dans cette journée
Il ne pouvait que voir palir sa destinée.
En ce moment un choc grandiose et mortel
Faisait au grand redan un ravage cruel :
Le général Simpson, ce guerrier magnifique,
Aimant à signaler sa valeur héroïque,
Lui-même dirigeait ses vaillants bataillons
Sous les terribles feux de quatre cents canons.
L'arme au bras, son fier camp, d'une valeur immense,
Sans trembler, sans pâlir, bouillant d'impatience,
Jusqu'au large fossé qui barre son chemin,
Marche, pour affronter la mort et le destin...
Comme une nation serait fière et charmée,
Si ses yeux pouvaient voir son héroïque armée,
Sur le champ de bataille où va jaillir la mort,

Et sans crainte et sans peur pour enchainer le sort,
Vers quatre cents canons marcher avec noblesse,
Dédaignant les périls, du bonheur dans l'ivresse,
En pensant au triomphe éclatant, solennel,
Qui va jeter sur elle un éclat immortel !...
Les belliqueux Anglais, sous les feux, impassibles,
Fermes comme l'airain, demeurent inflexibles.
A la voix de leur chef, le fossé franchissant
Et le colossal mur ensuite gravissant,
A la hâte on les voit braver avec courage
En ce mortel assaut le plus terrible orage.
Les boulets, les obus pleuvant sur leur chemin,
Ne les détournent pas de leur noble dessein ;
Et sur le parapet par des traits énergiques,
Ils culbutent du czar les troupes fanatiques.
Le camp de Gortschakoff, frémissant de fureur,
Résiste avec bravoure à la bouillante ardeur ;
Des plus fermes guerriers par leurs vaillantes armes
Cherchant à les plonger dans de vives alarmes :
Ils assènent des coups, cruels, retentissants,
Du brave camp anglais sur les fiers combattants.
Mais c'est toujours en vain que dans la sombre lutte
Ils cherchent par leur traits à consommer leur chute ;
Chaque soldat anglais, devenant un héros,
Et s'immortalisant par des faits grands et beaux,
Tout chancelle, tout tombe, en ces chocs frénétiques
Sous la mâle vigueur des armes britanniques.
Du valeureux Simpson, en ce combat brûlant,
Brille de tous côtés le glaive étincelant ;
Ce magnifique chef vole en la sombre arène
Au plus fort des périls où la gloire l'entraine ;
Ses glorieux traits, son courage pompeux,
Font ployer les guerriers les plus impétueux.
D'Albion les drapeaux il inonde de gloire,

Partout en disputant vaillamment la victoire,
Et faisant toujours voir, en ce choc, sur ses pas
De corps ensanglantés un formidable amas.
Mais l'ardent Gortschakoff, frémissant de colère,
En voyant ses soldats rouler dans la poussière,
Veut briser sous son fer les terribles guerriers,
Qui sèment le trépas en cueillant des lauriers ;
Son magnanime cœur et son âme orgueilleuse
S'irritent à l'apect de cette scène affreuse.
Il fait alors marcher de braves bataillons,
Destinés dans les camps aux grandes actions,
Qui dans de fougueux chocs, dans des luttes cruelles,
Recueillirent souvent des palmes immortelles.
Se mettant à leur tête, il les lance aux combats ;
Ses étincelants yeux les suivent pas à pas ;
Du geste et de la voix ce chef les encourage
A vaincre les Anglais, en ce brûlant orage :
« Vous aussi, leur dit-il, vous êtes des héros,
» Plongez ces fiers guerriers dans les sombres tombeaux. »
A ces mots, de son camp les soldats fanatiques
S'élancent à la hâte aux luttes dramatiques ;
Ils frappent de leurs fers les combattants anglais
Qu'ils espèrent briser par leurs éclatants traits.
Deux fois du fier Simpson ils chargent la colonne
Puissamment secondés par le bronze qui tonne,
Et deux fois les Anglais stoïques, valeureux,
Les font rétrograder par leurs foudroyants feux.
Les Russes irrités, par leur brillant courage,
Reviennent les charger avec fureur et rage,
Déciment tour à tour sous leurs fers acérés,
Les plus braves soldats de leurs fermes carrés
Dont le sang généreux vient arroser la terre
Où jaillit leur bravoure honorant l'Angleterre.
Mais son noble drapeau, Simpson, au grand redan,

Maintient toujours au sein du lugubre ouragan.
Au milieu des vifs feux, restant imperturbable,
Il rend, par sa valeur, son camp inébranlable.
Jamais, sous un torrent d'obus et de boulets,
De la guerre on ne put mieux braver les effets.
Aux ennemis, ce chef valeureux, magnifique,
Fait sentir de son bras le pouvoir énergique;
Placé tantôt au sein de ses carrés brillants,
Il guide sous les feux leurs fers étincelants;
Tantôt apparaissant de son camp à la tête,
Lui-même il vient braver la foudre et la tempête,
Culbutant sous ses coups les groupes de guerriers
Qui veulent les frapper de leurs fers meurtriers.
Sa phalange, à la fin, toute enthousiasmée
En voyant ce fier chef grandir sa renommée,
Au milieu des périls s'élance avec vigueur
Pour y faire jaillir sa suprême valeur;
Elle attaque, elle frappe, en la mortelle lutte,
Les valeureux guerriers qui méditaient sa chute,
Et des fiers combattants se trouvant sur ses pas,
Fait tous les brillants fers voltiger en éclats.
De célèbres guerriers, dans cent chocs inflexibles,
Chancellent sous ces coups cruels, irrésistibles;
En vain redoublent-ils leurs efforts éclatants,
Ils tombent dans l'arène en ces sombres instants.
Le cœur de Gortschakoff et palpite et frissonne,
A l'aspect des revers de sa brave colonne.
Ses glaives sont brisés et ses nobles drapeaux,
Tout inondés de sang, sont réduits en lambeaux !
Il pensait, ce grand chef, que sa mâle énergie
Par un succès, du czar embellirait la vie.
En ce cruel combat le mobile destin
A brisé son espoir en trompant son dessein.
Que dira, sous ses yeux en voyant reparaître

Ses étendards vaincus, son magnanime maître?
Cette affreuse pensée, à son sensible cœur,
Cause un cruel tourment, une immense douleur;
Il médite en lui-même une noire vengeance
Du revers qui brisa son fer et sa puissance.
Tout en versant des pleurs sur le sort des guerriers
Qu'il avait cru couvrir de gloire et de lauriers,
Des États du grand czar dans la défense inouïe
Qui fit voir de leurs fers la brûlante énergie;
Et quitte le combat, avec ses bataillons
Écharpés et sanglants, que quatre cents canons
N'ont pas pu garantir d'un revers formidable.
Éprouvé de Simpson sous le fer redoutable,
Et voulant les venger du destin des effets,
Derrière des abris, formés de parapets,
Il les fait tous placer, laissant le terrain vide
Du valeureux Simpson devant l'arme homicide.
Et bientôt les vifs feux des soldats embusqués,
Et les mortels boulets de canons démasqués,
Pleuvent, du fier Simpson sur la ferme cohorte
Qu'en ces sombres périls sans fléchir il escorte.
De nobles chefs connus par des traits de héros,
Qui firent dans les camps triompher leurs drapeaux,
Tombent criblés de coups, en ce terrible orage,
Sans pouvoir se venger par leur brûlant courage.
Les armes à la main, d'illustres commandants,
Renommés par leurs faits, splendides, éclatants,
Tombent des ardents feux sous la mâle puissance,
Subissant les effets d'une affreuse vengeance.
D'autres chefs par l'amour des combats enflammés,
Dans le camp de Simpson justement renommés,
Pour avoir dans des chocs, par leurs vaillantes armes,
Jeté vingt fois des camps dans de vives alarmes.
Frappés mortellement en ces combats affreux.

Tombent également sous les foudroyants feux,
Des régiments entiers, atteints par la mitraille,
Alors sont décimés sur le champ de bataille,
Sans pouvoir éviter les sinistres effets
Et de la fusillade et des nombreux boulets.
De ce grand ouragan le terrible ravage
Vient offrir aux regards la plus lugubre image :
On ne voit que des morts, des blessés, ds mourants,
Victimes du destin, en ces chocs dévorants....
Le courage éclatant doit avoir ses limites,
Les terribles effets des attaques subites
Par les grands guerriers sous leurs nobles drapeaux,
Ne sauraient se parer par les faits les plus beaux,
Et Simpson voit ainsi ses bataillons abattre,
Quand l'ennemi caché son fer ne peut combattre.
Du valeureux Simpson, ce chef si révéré,
Le grand et noble cœur est vivement navré,
En voyant ce revers si cruel et si sombre,
Jeter tant de guerriers si braves dans la tombe ;
Mais ce noble guerrier d'un dévouement si beau,
Se met à la hauteur de ce combat nouveau;
Il trouve dans son cœur la fermeté morale
Qu'il faut pour affronter une crise fatale.
Toujours au premier rang de ses vaillants soldats,
En face de l'airain qui vomit le trépas,
On le voit les couvrir de sa vaillante épée
Dans le sang ennemi par lui vingt fois trempée.
En bon ordre, à pas lents, le théâtre orageux
Où brilla par ses traits son glaive glorieux,
Il quitte pour aller avec eux, dans la plaine,
Réformer leurs carrés et rentrer dans l'arène.
Revenu près des bords de l'immense fossé,
Que sous de mortels feux son camp avait passé,
De ses soldats, couverts de larges meurtrissures,

Il étanche le sang s'échappant des blessures.
De braves commandants remplacent les chefs morts,
Pour guider ses soldats dans leurs nouveaux efforts;
Des renforts réservés viennent remplir les vides
Que dans leurs rangs ont faits des glaives intrépides,
Et ses braves carrés se trouvant reformés
S'élancent avec lui, transportés, enflammés,
Vers l'endroit où brilla leur sublime vaillance,
Sous d'innombrables feux d'une mâle puissance.
De nouveau, le fossé, le parapet franchis,
Ils veulent raviver leurs terribles conflits,
Et Simpson, ce grand chef d'un si vaillant courage,
Fait voir de l'héroïsme en lui la noble image ;
Au pied du grand redan, il offre le combat
Au camp de Gortschakoff, sans faste et sans éclat;
Il veut, ce noble chef, achever sa victoire,
Ou périr, sous les feux, avec honneur et gloire.
Ses valeureux soldats, aussi, veulent mourir,
Ou bien le grand redan encore conquérir,
Au sein des ardents feux d'une lutte nouvelle,
Qui tous les couvrira d'une gloire immortelle.
Mais les Russes, sanglants, abîmés et meurtris,
Ne veulent pas sortir de leurs vastes abris,
Pour venir accepter cette nouvelle lutte,
Remporter un succès ou subir une chute.
Du haut du grand redan, Gortschakoff voit Simpson
S'avancer pour braver les fers et le canon.
De son fier camp il voit la solide attitude,
Qui fait d'un grand succès croire à la certitude ;
Des combattants anglais au noble champ d'honneur
Il connaît la bravoure et l'illustre valeur.
Dans un nouveau combat, il n'a pas l'espérance
De maîtriser leurs fers, de dompter leur vaillance.
Sans doute, Gortschakoff, ce guerrier valeureux,

Ne craint point et ses chocs et ses fers et ses feux ;
Cent fois, dans les périls, sa valeur héroïque
Il a su signaler par son fer énergique,
Noblement couronné de splendides lauriers
Recueillis dans des chocs brûlants et meurtriers;
Et, sans doute, son camp et si ferme et si brave
Sait affronter aussi la lutte la plus grave.
Ses illustres guerriers demandnet à grands cris
A revoler encor aux orageux conflits,
Et toujours largement pourvus de hardiesse
Au sein des affreux coups qui causent leur détresse,
De même que leurs chefs, les foudres de l'airain
Subiraient de nouveau, en bravant le destin.
Mais dans leurs corps les fers ont fait des ouvertures :
Gortschakoff doit penser à soigner leurs blessures;
Il doit donc de son camp les débris valeureux
Arracher des Anglais aux fers impétueux,
Soulager des blessés les maux, la maladie,
Adoucir des mourants la lugubre agonie.
Et ce chef, qui remplit noblement son devoir,
Dans les convulsions d'un sombre désespoir,
Quitte le grand redan les yeux baignés de larmes,
En escortant son camp plongé dans les alarmes :
« Valeureux Gortschakoff, à toi toujours honneur!
» Tu fis pour ton pays resplendir ta valeur ;
» Au sein des plus vifs feux, tout plein de stoïcisme,
» Tu fis étinceler ton brûlant héroïsme !
» Tes soldats, par leurs traits gigantesques et beaux,
» Du czar ont défendu vaillamment les drapeaux;
» Ils ont su se couvrir de lauriers et de gloire,
» Mais ils ne pouvaient pas remporter la victoire
» Sur les deux nobles camps connus dans l'univers
» Pour toujours enchaîner le triomphe à leurs fers;
» Et de Sébastopol la défense admirable

» N'illustrera pas moins leur valeur formidable,
» Car dans les fougueux chocs, dans les brûlants combats,
» Où vient se décider le sort des grands États,
» De même qu'un succès éclatant, magnifique,
» Un grand revers illustre une armée héroïque. »
Simpson voit l'ennemi qui s'éloigne des lieux
Dont s'approche son camp intrépide et fougueux,
Afin de raviver la lutte colossale
Où doit se disputer la palme triomphale ;
Il vole au grand redan poussé par le destin ;
Son étendard y plante au mépris de l'airain
Qui fait pleuvoir la mort, pour protéger l'armée
Fuyant devant son fer, sur son sort alarmée,
Ne pouvant plus lutter dans de nouveaux combats
Pour soutenir du czar les immenses États.
A l'aspect du drapeau, signal de leur victoire,
Flottant au grand redan, théâtre de leur gloire,
Les belliqueux Anglais, frissonnant de plaisir,
Applaudissent le chef qui sut le conquérir ;
Du bonheur éprouvant les délicieux charmes,
En voyant le succès de leurs vaillantes armes.
Le brave Pélissier, de Malakoff vainqueur,
Illustre chef pourvu d'une immense valeur,
Qui de Sébastopol, au siége mémorable,
A su porter au czar un coup épouvantable,
Tout-à-coup aperçoit du haut de Malakoff
Les bataillons du czar guidés par Gortschakoff,
Vivement sur le pont, plongés dans la détresse,
S'élancer et passer en masse avec vitesse,
Quittant Sébastopol et les chocs orageux,
Ne pouvant plus lutter dans les conflits fameux,
Et voulant éviter dans un dernier orage
De voir encor sombrer leur éclatant courage.
Aussitôt Pélissier s'élance sur leurs pas,

Au sein d'immenses feux répandant le trépas.
Pour chercher à barrer du chef russe à l'armée
La retraite par elle à la hâte entamée,
Les maisons, les hôtels, les palais en débris,
Sautent de tous côtés en faisant de grands bruits,
Minés par Gortschakoff, prévoyant sa défaite,
Et barre le chemin où se fait sa retraite.
Pélissier, ce grand chef toujours à la hauteur
Des grands événements, éprouvant sa valeur,
Fait marcher ses soldats avec leurs oriflammes,
A travers les débris, et les feux et les flammes,
Pour aller achever, sous leurs fers valeureux,
La déroute des chefs s'éloignant devant eux;
Et se tenant toujours de son camp à la tête,
Il s'acharne à braver la brûlante tempête.
Tout à coup il s'arrête et paraît radieux;
La joie et le bonheur éclatent dans ses yeux.
Ce superbe guerrier tout rempli de noblesse,
Sur son fougueux coursier tressaille d'allégresse;
Quel est donc le motif de ce contentement
Qui produit sur ce grand chef ce subit changement?
C'est qu'il voit de Simpson, ce noble frère d'armes,
Dont pour lui les vertus ont les plus puissants charmes,
Le glaive resplendir au haut du grand redan,
Théâtre d'un lugubre et terrible ouragan;
C'est qu'il voit le guerrier valeureux, héroïque,
Y faisant arborer le drapeau britannique,
Après avoir bravé les quatre cents canons
Qui vomirent la mort sur ses fiers bataillons,
Et charmer tout son camp par son patriotisme,
Quand il a vu l'effet de son grand héroïsme.
Le brave Pélissier dirige sur-le-champ
Ses soldats, des Anglais vers le belliqueux camp.
Pour le complimenter en ce moment suprême

Sur son brillant courage et son succès extrême,
Et serrer vivement les mains du grand guerrier,
Qui, de même que lui, sut cueillir un laurier.
A peine les Anglais ont-ils vu des zouaves
Venir les bataillons si fermes et si braves,
A la tête du camp, à Malakoff vainqueur,
Que d'immenses bravos poussés en leur honneur
Partent de toutes parts dans la vaillante armée,
Qui sut grandir comme eux sa belle renommée !
La joie et le bonheur en cet instant heureux
Des chefs et des soldats éclatent dans les yeux ;
Ces applaudissements chaleureux, frénétiques,
Emeuvent les grands cœurs des guerriers héroïques
Qui brandissent leurs fers et saluent les héros,
Qui viennent d'illustrer leurs splendides drapeaux.
Les deux camps confondus, du bonheur sous les charmes,
Fraternisent ensemble en nobles frères d'armes,
Parlant de leurs succès en se serrant les mains ;
Ils s'applaudissent tous de leurs pompeux destins.
Quel tableau grandiose après un grand orage !
D'une franche union il cimente le gage,
Et charme les regards et transporte les cœurs.
Les plus fortunés jours il promet aux vainqueurs.
Mais pour qui sont poussés ces bravos formidables
Produisant de nouveau des bruits considérables ?
Pélissier et Simpson, dans leurs embrassements,
Se font avec ardeur les sincères serments
De rester à jamais unis et frères d'armes,
En versant de plaisir les plus brûlantes larmes.
Ces deux illustres chefs dans leurs combats fougueux,
De semblables dangers ont couru tous les deux
Afin de dominer les sinistres tempêtes
Qui vinrent menacer de leurs soldats les têtes,
Toujours de l'action dans les chocs, au plus fort,

Cent fois ils ont bravé stoïquement la mort,
Pour couvrir avec eux de lauriers et de gloire
Leurs immortels soldats en gagnant la victoire.
En voyant de leurs chefs cet accueil amical,
Qui flatte des deux camps l'orgueil national,
Les valeureux soldats, du bonheur, dans l'ivresse,
Frémissants de plaisir, transportés d'allégresse,
Applaudissent alors par de bruyants bravos
Les triomphes brillants de ces nobles héros.
Tout émus, attendris par ce flatteur hommage,
Rendu pompeusement à leur brûlant courage,
Simpson et Pélissier en se serrant les mains,
Inondés de bonheur par leurs heureux destins,
Se quittent pour voler à des luttes nouvelles
Où leurs fers s'orneront de palmes immortelles,
Pour contraindre le czar à proclamer la paix
Qui de leurs beaux pays comblera les souhaits,
En faisant prospérer les arts et les sciences
Sources dans les États de richesses immenses.
Bientôt devant Kyburn. et Lyons et Bruat
Au fier Kokanowicz livrent un grand combat ,
Des vaisseaux alliés et les feux et les flammes
De ce vaillant guerrier brisent les oriflammes,
Et par mer et par terre attaqués à la fois,
Kyburn des assiégeants bravent les exploits,
De ses fiers défenseurs d'une mâle vaillance,
On voit sous les boulets briller la résistance.
Sur la brèche, debout, au sein de l'ouragan,
Kokanowicz des feux vient braver l'océan.
Vainement les obus. les boulets et les bombes
De ses braves soldats viennent creuser les tombes ;
Animés, excités par son vaste courroux,
Ils portent en ces chocs de formidables coups.
L'ardent Kokanowicz. toujours avec noblesse ,

Partout les encourage à combattre sans cesse.
Un torrent de boulets fait voler en morceaux
De sa flotte, à ses pieds, les splendides vaisseaux ,
Démonte ses canons, décime son armée,
Et ne peut point dompter sa valeur consommée,
Qui brille, avec éclat, au sein des mortels feux,
Sur sa tête, pleuvant, en ce choc orageux.
Entouré de débris, avec noblesse il lutte,
Comptant sur sa valeur pour parer une chute,
Le camp des alliés, en ce combat sanglant
Fait éclater plus fort son courage brûlant.
On voit Kyburn subir l'effet de sa colère,
Les vastes bâtiments cernant sa poudrière,
Minés par d'ardents feux, tombent avec fracas,
Leurs immenses débris voltigent en éclats.
Bientôt la poudrière, atteinte par les flammes,
Va jeter l'ennemi dans de chaudes alarmes,
De Lyons, de Bruat, frissonnent les grands cœurs,
En voyant le grand chef sous les feux destructeurs,
Dans l'éternelle nuit, persistant à descendre
Plutôt qu'aux ennemis de chercher à se rendre.
Ils désirent sauver le sublime héros,
Qui vient de les charmer par ses exploits si beaux ;
Les feux ils font cesser ; puis un parlementaire
Va vers le fier guerrier d'un si grand caractère,
A travers les débris causés par les boulets,
Dont il sait affronter les sinistres effets ;
Et des conditions flatteuses, honorables,
Sont offertes par eux comme étant acceptables,
A ce chef, de son camp pour la soumission,
Qui mettra fin du choc à l'ardente action.
Tout ému, le grand chef, conserve le silence,
Paraissant toujours prêt à perdre l'existence,
Mais le parlementaire à ses regards fait voir

De son camp tout entier le sombre désespoir,
Ses soldats écharpés, brisés par la mitraille
Ne pouvant plus lutter sur le champ de bataille.
A l'émouvant aspect de son camp tout meurtri,
L'infortuné guerrier se montrant attendri,
Accepte pour sauver sa phalange vaillante
La proposition humaine et bienveillante,
Que font les alliés en ces sombres moments,
Guidés dans leurs combats par de grands sentiments,
Et ne peut qu'admirer la noble grandeur d'âme
Des vaillants ennemis qui font sombrer son arme.
Un grand état-major, quinze mille prisonniers,
Par Bruat et Lyons étant faits prisonniers,
Signalent en ce jour l'éclatante victoire,
Qui les couvre tous deux de lauriers et de gloire ;
Les succès répétés de tant de grands héros
Sachant sans cesse vaincre, en bravant les tombeaux,
Émeuvent, à la fin, le grand cœur d'Alexandre,
Qui consent de la paix aux vœux à condescendre.
Un solennel congrès qui siége dans Paris
Par un traité des rois termine les conflits.
Les peuples sont contents, la France et l'Angleterre,
Pour leur indépendance ont soutenu la guerre ;
Et leurs immortels traits et leurs fameux combats
Auront dans l'univers d'immenses résultats.
Ils feront en tous lieux refleurir les sciences,
Le commerce abattu, les arts et les finances ;
Et le monde longtemps va jouir des bienfaits
Causés par les États qui lui donnent la paix.

FIN DU CINQUIÈME ET DERNIER CHANT.

PARIS. — IMPRIMERIE CENTRALE DE NAPOLÉON CHAIX ET C*, RUE BERGÈRE, 20.

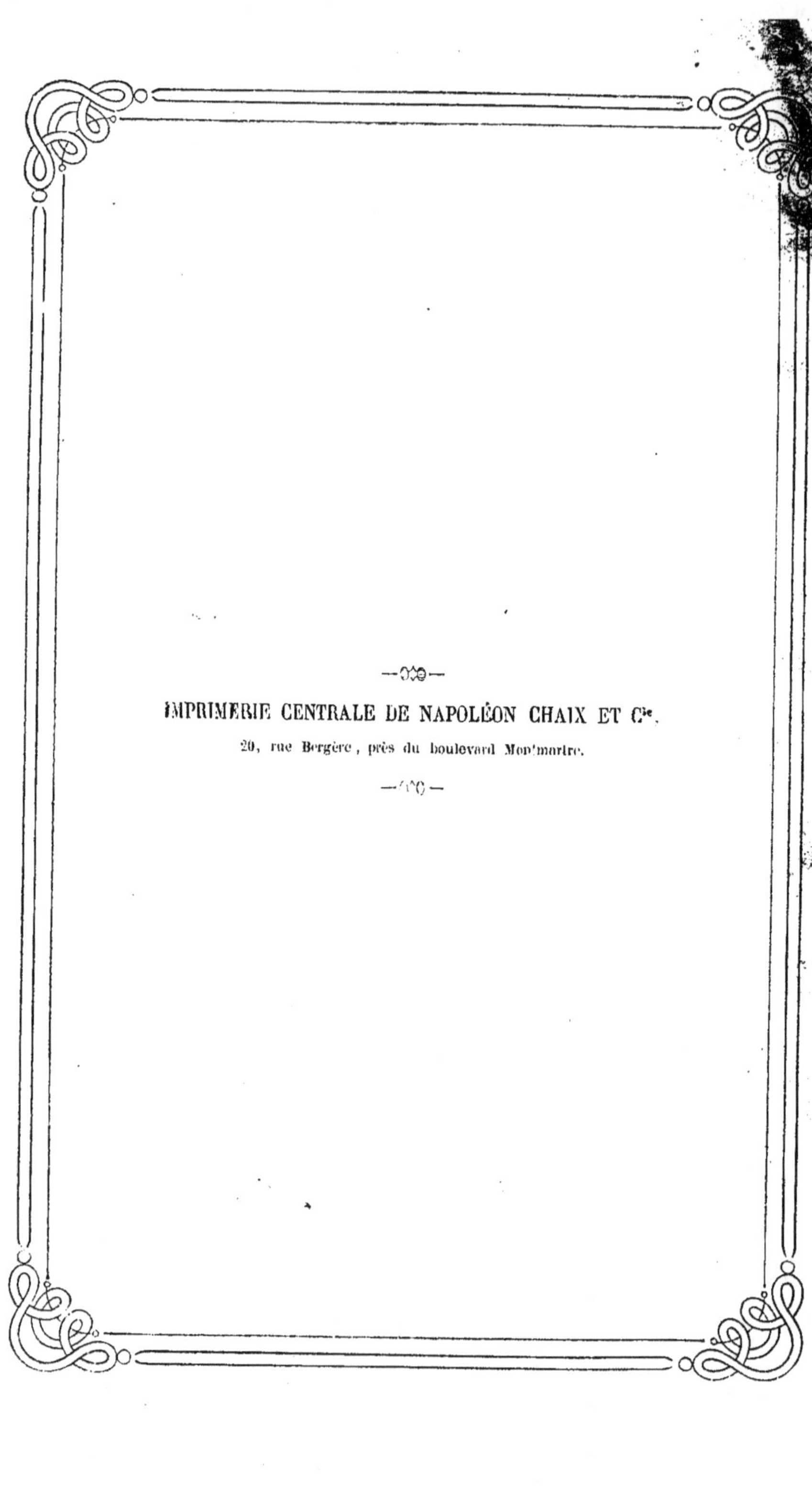

—⟨⟩—

IMPRIMERIE CENTRALE DE NAPOLÉON CHAIX ET Cⁱᵉ.

20, rue Bergère, près du boulevard Montmartre.

—⟨⟩—

www.ingramcontent.com/pod-product-compliance
Lightning Source LLC
LaVergne TN
LVHW012221170726
843503LV00005B/2188